# 평화를 위한 기도

▶ 저자 : 미야마 아키(深山あき)

1924년 일본 관서지방의 고베에서 태어남.
시집으로 『風は炎えつつ(바람은 불타고)』(1987, 私家版), 『風韻にまぎれず(풍운에 흔들리지 않고)』(2007, 梨の木舎), 『風の音楽(바람의 음악)』(2007, 梨の木舎)이 있다.

▶ 주석 : 스즈키 유코(鈴木裕子)

도쿄가쿠게이대학교(東京学芸大学) 교원, 여성사 연구가.

▶ 번역 : 이수경(李修京)

도쿄가쿠게이대학교(東京学芸大学) 교육학부 준교수, 역사사회학 전공.

▶ 교열 : 박경수(朴庚守)

부산외국어대학교 한국어문학부 교수, 현대시 전공.

## 평화를 위한 기도

**지은이** 미야마 아키
**인쇄일** 초판1쇄 2009년 1월 20일
**발행일** 초판1쇄 2009년 1월 30일
**펴낸이** 정구형
**편집** 박지연 한미애
**디자인** 김숙희 노재영 강정수
**마케팅** 정찬용
**관리** 이은미 박종일
**펴낸곳** 국학자료원
　　등록일 2006 11 02 제324 – 2006 – 0041호
　　서울시 강동구 성내동 447 – 11 현영빌딩 2층
　　Tel 442 – 4623 Fax 442 – 4625
　　www.kookhak.co.kr
　　kookhak2001@hanmail.net

ISBN 978 – 89 – 6137 – 428 – 6 *03800
**가격** 10,000원

* 저자와의 협의하에 인지는 생략합니다.

# 평화를 위한 기도

미야마 아키(深山あき) 저
이수경(李修京) 역

# 서문

## ─저자를 대신하여

　미야마 아키 씨의 시가집이 한국에서 번역, 출판되게 된 것을 매우 기쁘게 생각하며, 저자를 대신하여 한국 독자 여러분에게 간략하게 인사 말씀을 드리겠습니다.

　아시는 바와 같이 일본은 한국과 오랜 역사에 걸쳐 다져 온 선린 관계를 깨고, 근대 초기부터 이웃나라인 한국의 주권을 빼앗고 많은 한국인들의 생활을 힘들게 했으며, 아시아 태평양 전쟁 때에는 침략전쟁 수행을 위해 수많은 한국 청년들을 강제 징용하여 전시 병력과 노동력으로 사용했으며, 한국의 젊은 여성들을 일본군의 '성노예(性奴隷)'(일본군 종군위안부)로 삼아 인간의 존엄성을 짓밟았습니다.

　이 시가집의 저자 미야마 씨는 1924년 일본 관서지방에 있는 효고현 고베시에서 태어나, 소녀시절과 청춘시대를 보내며 철저한 군국주의 교육을 받고, 천황의 백성, 즉 '황국민(皇国民)'으로서 '국체사상(国体思想)'을 세뇌당하며 자랐습니다.

　일본 패전 후, 미야마 씨는 침략전쟁의 죄업과 천황제도의 모순을 알고서 잘못된 교육이 행한 범죄성을 절실히 느꼈으며, 그런 마음을 단가로 지어 표현하고자 했습니다. 미야마 씨가 지은 단가는 필자가 아는 한 3,000수 이상이 될

것입니다. 전쟁을 경험한 그녀는 평화를 향한 강한 의지, 전쟁에 대한 격렬한 증오, 부당하게 짓밟힌 수많은 사람들에 대한 뜨거운 애정과 고통을 단가의 한 수 한 수마다 솔직하게 표현하고자 했으며, 그녀의 단가를 읽는 독자 여러분께서는 이 점을 잘 느끼시리라 믿습니다.

미야마 씨로서는 무엇보다 자신과 같은 세대의 한국 여성들이 일본군의 '성노예'로서 인간의 존엄성을 짓밟히고, 몸도 마음도 찢겨나가는 고통을 겪고 해방후에도 고난의 가시밭길과 같은 힘든 삶을 살아오신 것에 대해 통한의 아픔을 참을 수 없었을 것입니다.

이 한국어판 단가집에는 '위안부'로 끌려가셨던 분들에 관한 미야마 씨의 단가가 많이 수록되어 있습니다. 그 한 수 한 수에는 지금까지 많은 일본인들이 의식하지 않고 있는 '가해자로서의 죄'에 대한 미야마 씨의 강한 자각과, 해방후 63년이 지났어도 그 '가해'의 죄에 대한 어떤 공적인 책임도 지지 않고 있는 일본정부와 일본인에 대한 깊은 분노가 담겨 있습니다. 일본정부·일본인이 과거의 죄상을 인정하고 진심으로 후회하고 반성해야 한다는 강한 의식이 고령이 되신 미야마 씨에게서 떠나지 않고 있습니다. 게다가 미야마 씨는 전쟁이 없는 지구, 한 사람이라도 기아, 빈곤, 폭력 등으로부터 고통 받는 사람이 없는 지구를 열망하는 진정한 평화주의자이시며, 평화를 갈망하는 시인이십니다.

필자는 2003년에 미야마 씨와 우연한 인연으로 알게 되어서 그녀의 미간행 단가 원고를 읽을 기회를 가졌습니다. 그 단가들 중에서 1200여 수를 선별하여 편집 및 주석을

붙여서 2007년에 『風韻にまぎれず(풍운에 흔들리지 않고)』『風の音楽(바람의 음악)』이란 두 권의 단가집을 도쿄의 나시노키샤(梨の木舎)에서 출판했습니다. 그런데 미야마씨는 1987년에 이미 제1권『風は炎えつつ(바람은 불타고)』를 자비 출판한 바 있습니다. 이번에 낸 한국어판 단가집은 이상 3권의 단가집에서 반전 평화, 인권, 민주주의, 반천황제 등에 관한 사회의식을 담은 단가를 중심으로 골라서 편집한 것입니다.

이 단가집을 한국의 많은 분들이 손에 들고 보시기를 바라며, 나아가서 이 단가집이 한국과 일본의 양국 시민들 사이에 '우호와 연대'를 통한 발전을 도모하는 데 기여하기를 진심으로 빌어 마지 않습니다.

마지막으로 매우 바쁜 여건에서도 번역에 심혈을 기울여주신 친우 이수경 교수, 시집의 출판을 위해 시문(詩文)의 교열과 감수는 물론 출판의 가교까지 흔쾌히 맡아주신 박경수 교수께 깊은 감사의 말씀을 드립니다.

2008년 11월 12일

스즈키 유코(鈴木裕子)

# 목차

## 제Ⅱ부 풍운에 흔들리지 않고


어둠 속의 장례(1986~1994)

# 제Ⅲ부 바람의 음악


가을의 만남(1999~2003)

외쳐라, 9조여!(2006~2007)

제 I 부

바람은 불타고

## 원자폭탄, 용서하지 못하리

폭음이 멈춘 밤하늘에 별 반짝이는 평안이여 집집마
다 불빛 드리우니

기도한들 구세주 없는 세상이여, 살륙을 목적으로 핵
무기 만들어지니

사람의 지혜가 지금은 신을 속이고 자신의 무덤 파는
핵무기 실험

평화 위해 무기 가진다 말하네 미·영·소 세계를 무
덤터로 만들어야 후회를 하랴

자감색 반점으로 얼룩진 피 토하며 죽음 기다리는 자
의 통곡을 들어라

"원자폭탄, 용서하지 못하리"라는 진혼곡 들어라 수많
은 무덤 자리 깊은 황혼 지누나

수많은 생명들 죽어서 괴물되어 땅밑을 기며 떠돌겠
구나 그래도 핵실험 그칠 줄 모르는

# 한국전쟁

　미군기 나는 6월의 밤이여 내전의 저변에 숨겨진 그
의미 두려웁구나

　재무장 떠드는 기사 있어서 내 아들 끌어안고 눈동자
쳐다보네

　두 번 다시 전쟁은 안 되지, 남편도 아들도 다 모여
따뜻한 저녁 식사 먹을 때

# 죄 많은 카인의 후예

일본 열도 침식되고 있네 술렁술렁 조소처럼 군화소
리 들리누나

수많은 죄업 끌어안으면 골고다의 언덕에 예수는 승
천하지 못하리

# 승리 없는 투쟁(1967-1970)

## 하네다 데모[1]


데모 끝에 하네다에 청년의 주검 하나 '장엄한 미사'
가 땅 밑에서 일어나네


한 사람의 청년이 목을 맨 죽음의 의미심장함을 생각
하네 우리 모두 심각하게


죽어간 청년 죽게 해버린 그 어머니 옆의 아들과 함
께 통곡하고 있구나


손을 흔들며 탑승하는 수상 그 손으로 또 몇 백만을
죽이려 하나


폭동이라고 매스컴도 사람들도 떠들썩하면서도 하네다
데모의 진실은 말이 없네

---

1) 하네다 데모에서 교토대학교 문학부 1학년 야마자키 히로아키 씨
   가 사망하는 일이 일어났다.

# 요시다 시게루 전 수상의 국장

자위 위해 군대 가지지 않는다 하더니 자위를 빌미로
말만 잘도 하누나

돌 가지고 쫓기는 것2)같았던 퇴진에도, 국장의 날에도
사람들은 아무 말도 없구나

일방적 강화를 체결하고 나라는 일그러져 국장에 반
대 깃발 드는 단 한 사람

전쟁·군대·특별고등경찰·탄압·메이지 백년 영광
이라 생각들지 않네

---

2) 이시가와 타쿠보쿠가 고향으로 쫓겼을 때 적은 시 중에 고향의
   돌만 가지고 쫓겼던 것을 의식한 말.

# 이단자처럼

자식을 빼앗긴 뒤의 오열이련가 어머니들은 코타츠에
모여서 사세보 관전3)

어느 시대에도 간들거리며 아첨하지 못하는 성질이여
평화를 말하니 이단자 취급이네

---

3) 원자력 잠수함 엔터프라이즈호가 나가사키에 입항했을 때의 TV뉴스.

# 숨겨진 사실

중국에 조공 바쳐 조선에 패배한 숨겨진 사실 고대 왜국

천황궁 권위 강화하는 움직임 있으니 신화는 만들 수 없어라 고사기·일본서기

뼈 속까지 교활하게 따르는 국민성이여 착취당한 역사만 길구나

# 호류지 벽화전에서

길거리에 백성들은 굶어 죽어도 태자는 지었다네 거
대한 사찰들을

대단한 권위 세웠던 시대에도 국민은 굶고 화공들은
보살정토도 그림을 그렸다네

신분 낮고 가난한 화공들 오로지 정토만 사랑하며 그
림만 그리던 도구였던가

자신의 생각일랑 버리고 이 시대 화가들이 모사하는
표면이 벗겨진 부처상

면상이 벗겨져 손상이 심한 성 관음보살 꿈인지 생시
인지 피폭자와 겹쳐지누나

핵폭발·전쟁·빈곤 어느 시대나 보살도 탄식하는 번
뇌는 끊이지 않네

# 무기를 갖지 않는 정당

죽은 사람 목숨을 돌려다오 미래를 돌려다오 '천황 경
애' 국민 보편이라 생각하지 않네

하늘도 바다도 땅도 받들어서 베트남 전쟁 지지한 정
당을 우리는 지지할 수 없네

전쟁은 전부 자위와 정의를 노래하던 과거 또 재무장
하면서 자위라 타령하네

분신자살로 항의하며 죽어간 노인4) 있으니 정치 불신
도 이쯤이면 최악이려나

천만표 우리에게 있으면 좋겠네 무기를 갖지 않는 정
당에 투표하세 그 천만 표를

---

4) 유히 다다노신 씨.

# 오키나와

안보 다음에 평화라고 하리오 미사일이 폭우처럼 빈
하늘 채우네 오키나와에

"미군기지 없으면 고구마에 맨발이야" 교만한 그 반환
실태가 무엇이던가

가슴 뜨겁게 복귀를 부탁하는 '조국'이런가 본토 야마
토인 우리들의 범죄와 차별

식민지 침탈을 거듭하여 전쟁터 되었으니 차별은 지
금도 기지가 된 오키나와에

# 공해

　손발이 야위고 뼈가 허물어져 가는 환자의 목소리가
진실이 아니라면 무엇이 진실이랴

　누구와도 관련 없이 타인의 아픔 내 아픔처럼 느끼는
다정함이리니

　'멸사봉공'이라 과거에는 말하더니 지금은 기업이 내
는 폐해를 공해라 부르니

# 대학분쟁[5]

　　헌법을 훼손하는 교수 기업에서 돈 받은 교수 이미
진리의 전당은 아닐지니

　　단 하루 눈물 흘리고 학도 진출 또 보내야 하나 어리
숙한 사람이여 교수여

　　대학분쟁은 자신의 책임이라고 단식투쟁 들어간 교수
도 있구나

　　한 쪽으로만 카메라가 향하니 기동대의 구타는 대부
분 알려지지 않구나

　　방패로 귓짝 맞은 친구 있다고 긴 편지를 아들은 적
고 있구나

---

5) 1968년과 1969년에 진행된 대학분쟁.

# 지구는 움직이네

청년들에게 총 들게 하여 중국 인민 2천만을 죽인 것
은 우리들이지

자위대 전차 퍼레이드 방향을 바꿔서 쏘는 표적은 우
리일지도 모르네

전쟁을 거부하고 감옥으로 끌려간 사람들 기록적인
초겨울의 날들

'표현의 자유'도 언제까지인가 조용해지는 데모도 규
제당하는 요즈음이여

인권·반전 말하면 감옥에 끌려가는 어두운 시대로
역행하는 이 나라여

뒤돌아 서면 총구는 일제히 우리를 향하네 고요하게
하얀 가을 바람 속에서

# 만국 박람회

당연한 것처럼 '기미가요'는 연주되고 천황이 주최한
박람회가 아니련만

광장에 넘치는 춤추는 아이들에게 예언을 하는걸까
배경 음악의 '기미가요 행진곡'은

'적극적으로'라고 하지 않고 '진취적으로'라고 말하니
국민은 또 속아야 할까[6]

---

6) 미일 공동성명을 보고 쓴 시이다.

# 야스쿠니 법안 정부 제출

전쟁을 대단한 위업이라 말하고 살륙을 유덕이라 한
다네 야스쿠니 법안은

전범7)을 회장으로 모시고 유족회는 또 유족을 만들어
가네 야스쿠니 법안

대륙으로 남양군도로 학살을 강요당한 병사도 야스쿠
니의 신으로 합사되누나

죽음의 제단을 만드는 자여 야스쿠니 법안 군비 확대
의 목소리와 함께 외치구나

---

7) 賀屋興宣 씨를 말함.

# 어둠의 밑바닥(1971-1974)

## 미시마 유키오의 죽음[8]

주변에 굶어 죽은 어린 아이 있건만 천황가는 순탄하
다 꾸며대는 시대에

할복자살과 목 잘라 죽이는 잔학성을 깨끗하다 하는
가 무사도라는 미명으로

호전적 광기는 지금도 깊이 어둠의 저류가 되어 이
나라의 민중에게

미화되어서는 안 되지 미화될 때는 이 몸을 바짝바짝
죄어오는 어둠의 저류

------

8) 1970년 11월 25일에 발생한 사건.

# 정치 신화

군국주의에 책임을 전부 미루고 살아남은 전범·재벌
·관료

평화도 중립도 아닌 하나의 세력을 위해 남겨진 천황

"국민의 행복과 세계의 평화"라 하네 너나없이 수천만
명 죽여놓고서

'신성 천황'보다 '평화 천황'으로 정치 신화는 지금도
만들어지고 있네

# 궁중 연하 인사 의식[9)]

예전에도 죽음 당하고선 언제 또 당할지 모르건만 연
하 축하의식에 깃발 흔드는 민중이 있구나

그 신화 잃고 있으니 유리창 속의 천황 일가에 깃발
흔드는 민중들

---

9) 매년 설날마다 천황 가족들이 모여서 황궁으로 모인 국민들에게
   인사를 하는 축하 의식.

# 요코이 씨 귀국[10]


숨어서 살아온 동굴의 병사를 영웅으로 부르니 다시
범죄를 저지르려 하는가


인육을 먹었는지 어떠했는지 괌 섬의 학살 이야기도
말이 없구나


일본군의 자녀 학살을 기리는 추모비는 관광버스도
비켜가니 알려지지 않았구나


살아서 돌아온 병사 침묵을 지키니 유골이 된 병사여
일어나서 고발하라


---

10) 2차 세계대전에 참전했던 요코이씨가 괌 섬에서 숨어서 살다가
1972년 12월에 귀국한 일.

# 다카마츠즈카 고분

다카마츠즈카 '귀인의 무덤'이라 말하누나 지배층이면
누구나 귀인이 될 수 있다 하네

'귀인'이 있으면 '천민'이 있으니 차별은 지금도 음침
하게 살아 있으니

# 충혼비

아시아 민중 2천만 죽인 것을 침묵해놓고 되살아나는 수많은 충혼비들

영령도 충혼도 있지만 그보다 전쟁은 미화되어 가누나

사람을 죽이고 굶기고 나아가서 전사시키고 그렇게 조작한 주모자들은 살아서 연명하누나

전쟁을 일으킨 자 살아남아서 그럴싸하게 전몰자 위령 참배하는구나

산 자가 또 죽은 자를 이용하는 허황된 목소리 "가슴이 아픔을 느끼도다"11)

전범을 스스로 폭로하는 일 없는 국민들 죽은 자의 원한의 소리를 높여라, 지금

---

11) 당시 일본 천황의 말.

# 오노다 씨의 귀국[12]


패전이라 말 듣기 싫어서 '명령 하달' 자작자연하고
산에서 내려오는 오노다 소위


'전쟁'이면 사람 죽이는 것도 면죄인가 '명령 하달'에
패전을 알면서도


"모두 다 잊어버리고"라 할 수 있는가 죽인 뒤 묘에
참배를 하면서도[13]


전쟁과 살인을 반복하고 30년만에 귀국한 소위는 영
웅으로 불리누나


섬 주민 죽이고 반성조차 없는 수기를 펴내서 얻은 3
천만엥


전쟁에 반대하여 옥사한 사람을 영웅으로 부르는 일
은 이 나라에는 없다네


---

12) 2차 대전 때 산에 숨어서 살아남았다가 1974년 3월 12일에 전후
30년 필리핀의 루방섬에 숨어서 저항하던 오노다 소위가 일본으
로 귀국한 일.
13) 필리핀 사람들의 묘지에서.

바람은 불타고(1975~1980)

## 천황 방미

진주만의 공적 위대하다 칭찬하는 축어(勅語)도 내리
고 열의를 다해 전쟁을 지도한 천황[14]


개전 책임은 내각 각료에 전가하고 종전 명령은 내가
결단했노라고 말하누나[15]


베트남에 민중 학살을 강요한 병사도 잠들어 있는 얼
링턴 묘지[16]


귀신도 울고 있네 수천만 사람들의 자식들을 죽였건
만 죄가 없다고만 하니


오로지 국화 문장[17] 하나만 지키려고 종전의 결단 늦
추었던 천황이여


해골의 눈구멍 흐릿하게 바람에 산화하면서 해골들은
겹겹이 국화 문장을 에워싸누나

---

14) 당시 소화 일본 천황은 1941년 12월 10일, 연합함대에 대해서
   하와이 기습의 공적을 위대하다고 칭찬하는 축어를 내렸다.
15) 소화천황이 한 말을 두고 쓴 시이다.
16) 미국의 전몰자 위령시설인 *Arlington National Cemetery*.
17) 천황 가문의 상징.

# 천황 방미

가해자에게 고통의 감각은 없구나 말하는 사람도 말하게 하는 사람도 "원자폭탄은 어쩔 수 없었다"[18]

미일 양국 사이에 보도 규제 걸렸나 천황 찬미로 가득 찬 신문 지면들

전쟁을 조장한 신문이 지금 또 조장하는 전쟁의 풍화

죽은 자를 위한 진혼곡은 들리지 않고 전쟁의 서곡은 이미 시작되었네

장송의 종소리는 울리누나 한미일 군사 일체의 위기란 미명 아래

매스컴이 강조하는 '평화 천황'의 말 "자위대는 힘내주길 바란다."

"이웃 국가들에 비해 자위력이 세다고는 할 수 없다"는 천황의 말

______________

18) 전쟁을 끝내게 한 히로시마와 나가사키의 원자폭탄 투하에 대한 합리화를 비판.

# 평화국가

일본 열도에 무수한 타국의 기지 허락하고 '평화국가'
라 말할 자격이 있을까?

천황 비판을 엄금하는 '자유' 살인을 준비하고 있는
'평화'

# 황군 '위안부'


짐승처럼 거친 병사들의 희생이 되어 전쟁터 벌판에
버려진 조선의 소녀들


납치되어 '조선인 위안부(죠센피)'로 매도된 소녀들의
눈물 한없이 흐르누나


황군이 가는 곳에 '위안부' 있었다는 사실 알지 못했
네 전후에도 오랫동안

# 나리타공항 반대 투쟁

두드려 맞고 질질 끌려갔다네 체제에 반항하면 항상
그 형벌은 무겁구나

토지를 빼앗고 생활을 빼앗은 일은 누구를 위함인가
개항이 좋다고 하는 의견들은

개항을 반대해 왔던 일편단심의 의지 잃지 않고 땅을
끌어안은 농민들

# 적시하는 나라 있으니

적시하는 나라 있건만 체결하는 우호인가 안보도 자
위대도 긍정한다 말하네[19]

인간도 물질도 전쟁 위한 총동원법 지금 유사입법이
라 들으니 떨리기만 하구나

미일공동작전의 기사 오늘 아침에 있기에 전쟁포기
강의를 나는 듣고 있누나

---

19) 중일 우호를 위해 중국 등소평이 일본을 방문했을 때의 대담 내
용을 두고 쓴 시.

# 건국 기념일

무력으로 제패함을 축하한다니 게다가 사실조차 없는
건국 기념일


# 연호법[20] 제정

세계 어디에도 없는 후진성을 부끄러워하는 것도 없
는지 연호법이 통과되네


# 관례[21]

자식도 손자도 없는 젊은 전사자들 바람에 통곡하네
천황 손자의 관례 의식

---

20) 원호법이란 세계의 다원적인 흐름과는 달리 일본 유일의 천황의
　　연호를 사용하도록 한 법안.
21) 관례는 본래 남성을 대상으로 유교식으로 지낸 성인의례인데, 천
　　황 아들이 처음 머리에 관을 쓰는 의례를 말함.

# 소수가 되어감에

나라를 위한다지만 나라가 무엇인가 항상 죽음을 당
하는 것은 민중이건만


청일·러일·만주사변·진주만 공격 도발은 언제나
우리들의 역사


전쟁포기의 헌법 가진 세계 8위 아시아 제 2의 군사
대국


소수가 되어 갈 때에 더더욱 무거운 비무장의 '소
리'[22] 자르고 있네

---

22) 아사히 신문의 지면란.

# 한국 광주사건

　피로 물든 민중의 분노 전하라 땅 아래에서 외침이
솟아오름을


　계엄군이 배를 자르고 태아 빼서 내동댕이치는 것은
과거 일본 황군도 했었던 잔학함


　광주의 참상 이웃나라 일 아니네 생각할사 다가오는
이 나라의 위기


　포교 없는 가람락경[23]의 대합창 나라가 전쟁을 준비
하고 조장하는 때에도[24]


　세이쇼인[25] 소장품 1만점이 넘는다고 하는 임금의 영
화여 서민들은 어떠한가


　젊은이들 빛나고 있는 것을 보고 견뎌내리 김대중 지
원의 모금 전하네


　정신이 쇠망한 세상에 황야에 부르는 자의 소리도
"김대중을 죽이지 말라!!"

---

23) 불경의 하나.
24) 나라 지방 약시지 약사사(藥師寺)의 낙경대법요(落慶大法要)에서.
25) 나라 지방에 있는 보물창고인 정창원(正倉院).

# 이순자 망향의 노래

　외적의 침입 수천번이 넘는다 하는 한반도 민요는 모
두 애절하여라

　눈 내린 아리랑 고개 넘어가면 펼쳐지는 꽃밭 머언
날의 고향이여

　남북이 서로 포옹하는 날은 언제일런가 이순자가 부
르는 아리랑의 노래

# 침략자

2백 수십여 명을 죽인 것을 오히려 자랑하는 의리 강
한 늙은 목수, 천황을 숭배하며

전쟁의 비참은 말하며 침략한 의식은 없는 민족인 것
같구나

"그렇게 학살했다"라고 증언을 하네 깃발 흔들며 보냈
던 우리들도 침략자

단정하게 허리 펴고 강의를 듣고 있네 헌법학 배우는
모임에서 그대는 82살

지금 무엇인가 하지 않으면 안 된다는 생각이 있으니
헌법 9조 연하장에 인쇄하네

# 군비 증강의 당

소련 미국 일본 어느 나라의 기지를 둘지라도 북방 4
도의 평화는 없으리

바다도 산도 미래도 어둡네 군비 증강의 교만함을 용
서하는 것도 국민들

전쟁에 상처 입은 나라가 다시 꾸미고 있나 대일본제국

# 중국 잔류 고아[26]의 도일

국책의 이름으로 침략은 진행되었지 옥토 약탈을 개
척이라 부르며

버려진 고아들이 버린 조국이 그리워 고난을 거쳐 온
주름 깊은 얼굴

침략하게 하고 국민을 기망한 원흉은 밝히지 않고 전
쟁의 비참함만 말하네

---

26) 전쟁중에 중국에 남겨졌던 일본인 고아.

# 교과서 문제를 생각한다

사람의 형태로 태어난 신/신의 나라 성스런 전쟁에 미
쳤던 어두운 과거있네 국정 교과서


한국 중국 차별하고선 그래도 좋다고 되려 뻔뻔해진
민족의 죄도 국정 교과서


원망하네 더더욱 죄 많으리 국정 교과서 의심 없이
우리도 싸워왔으니


국정 교과서에 죽음을 당한 수천만 자국의 민중도 아
시아의 민중도


침략을 침략이라 기재하지 않는 교과서에 무거운 마
음 있으니 우리는 지금 전쟁중


오키나와도 남경대학살도 기술을 왜곡한 권력의 의혹
이 보이구나


'분노 새로이 상고'의 소리 강경하면 지원하는 우리들
도 마음이 퍼지네


미국의 방파제 되어서 멸망하려나 소련의 위협을 조

# 교과서 문제를 생각한다

장할 때마다

  웃으면서 나라를 팔지도 일본 열도를 침몰하지 않는
항공모함이라 말하는 수상은

# 핵 폐기

죽음의 유성이 되어 지구는 멸망하려는가 핵 전략은
우주에 이르러

한반도 전역 저변에 서려 있는 분노가 있네 '불행한
과거'라는 책임 없는 그 말

무수한 사람들의 자식들 찢겨서 죽게 한 '천황의 대(代)'
번영을 말하려는가[27]

---

27) 일본 건국기념일에 한 나카소네 전 수상의 인사.

# 지문 날인

　　"지문 날인 거부한다면 돌아가라"는 소리 있으니 말하
건대 강제연행의 일도


# 평화 행진

　　자신의 삶의 전환기 60세를 평화행진에 따라서 걷고
있네

# 전쟁 전으로의 회귀

전쟁에서 죽어간 사람들의 원혼이 대낮에도 떠다니며
춤출런가 8월 15일

전쟁 책임을 회피하고 국화 문장의 '전쟁 전 회귀' 만
만찮게 있구나

# 우주선 스페이스 셔틀의 사고

인간의 교만함도 생각해 보라 '챌린저' 하늘에서 폭파
되는 공포의 순간을

SDI[28] 중핵이라 들었네 '스페이스 셔틀' 나라가 칭찬
할 때 생명은 가벼워지네

---

28) 미국 전략 방위구상(Strategic Defence Initiative)의 약자 표기. SDI
는 비핵체계의 개발이 아니라 핵 폐기 방향에 역행하는 것으로
봄.

# 비무장

전쟁에 협력한 일의 속죄라며 비무장 중립을 뜨겁게
지지하네


한탄하면서도 오로지 한 가지 희망 있는 비무장 헌법
지키는 당으로 정권 교체


과거에 있었던 전쟁의 과정 알리지도 않았는데 지금
그야말로 또 보이니 두렵구나


이념만이 앞서는 '평화헌법 9조'라지만 믿고서도 비무
장을 없애지 않으면 평화는 없다네

# 국가비밀법안

　권력층과 다른 사상 가진다면 국가 전복의 중죄가 되
누나

　'양심'은 죄수가 되어 감옥에서 평생을 보내나니 알
수 없는 암흑의 정치

　'돌의 외침'[29]도 없이 그 어두운 겨울 다시 오니 비밀
법 저지하세

---

29) '돌의 외침'이란 신약성서 루카전 19장 37-40절에 나오는 말.

# 제 II 부

# 풍문에 흔들리지 않고

**어둠 속의 장례**(1986~1994)

# '아이고'의 외침

화장기 없는 전 위안부와 마주하며 살아가는 우리의
현실도 죄업이라

"여자로서 이토록 수치가 있으랴" 단상의 김 할머니
말을 잇지 못하누나

그 시대 그 나라에 태어났어도 위안부 출신 김 할머
니, 우리와 같은 나이

"사실을 인정하고 우선 사죄를"하며 목메이니 가해자
인 우리는 머리를 숙이네

'건강하고 가난한 집 딸' 요구 지시 있기에 납치당한
가난은 마침내 무참함인가

기만당해 버림받아 미쳐서 바다에 몸 던진 소녀, 얼마
나 많이 죽음으로 사라졌나

군에 끌려가 병으로 죽은 '위안부' 들판에 버려진 주
검에 멀기만 한 고향

# '아이고'의 외침

"마음 착한 며느리 음식도 잘 하고 애도 잘 낳고" 봉
기 할머니 홍얼거리는 고향의 노래[1]

증거 없애려고 죽음 기다리나 절대 그럴순 없지 증명
을 위해서라도 끝까지 살리라

능욕한 남자들 전후에도 입 다무니 살아있어도 죽음
의 어둠같은 황군의 '위안부'

죽은 뒤에도 계속 살아있는 그 눈, 희미한 어둠을 응
시하는 종군 '위안부'

총에 사냥 당한 아이고의 외침 높게, 혹은 낮게 풍운
에 흔들림 없이

저지른 자에게 후회가 없고 당한 자 모든 이의 슬픈
통곡 평생을 끌어가리니

어둠에 죽고 어둠에 살아온 '위안부'의 아이고 외침,
몸 위로 겹쳐 들리네

---

1) 배봉기 할머니의 사연을 듣고 쓴 시.

# '아이고'의 외침


버림받아 무참해진 한 평생 무엇으로 보상받으랴 가
슴 메이는 삶이여


전선의 들판 끝에 숨어 살아 왔네 황군 '위안부', 그
죄는 우리 모두의 죄


납치하여 능욕한 병사들의 돌에 맞은 이는 '위안부'라네


죽은 자와 산 자의 어둠을 가는 장례 20만의 비통한
통곡 음울하게 지금까지 계속되네


창녀 기생 더러운 여자라 하지만 고통스런 인간계에
떨어진 건 내 의지가 아니건만

# 마츠시로 대본영(松代大本営)

1억 옥쇄 불사하며 '국체 호지'[2]에 급급하여 마츠시로
터널을 팠으니

죠우잔(像山) 터널 바위산 바둑판처럼 파 뒤집고 대본
영 이전하려 함이라

가축용 화물차에 실려서 연행되어 온 이곳은 어디인
가 '마츠시로'라 하니

"게으름 피우지 마!!" 감독의 성난 목소리, 고열에 시
달리며 소년도 굴 파러 동원되니

폭발에 4명이 갈기갈기 찢겨져 뼈와 살 조각, 천정에
하나 걸린 것은 누구의 머리

동포의 뼈 모으려면 감독의 화난 호령이 날아오네
"작업 계속!"

목 없는 시체, 짐수레에 싣고선 은폐시키려 하니 되려
핏물이 홍근히 젖어오누나

---

2) 천황제 보호 유지.

# 마츠시로 대본영(松代大本營)

발파의 최첨단 어려운 작업에 희생되는 강제연행 조
선인의 폭발사망자 많기도 하네

삼각 막사에 신슈 지방의 엄동설한, 얄팍한 이불 위에
눈이 쌓이네

연행되어 목 없는 시체가 되었으니 이름도 모르고 고
향도 모르겠네

시체는 어디에 있는지 몇 백 명이 희생되었는지 총감
독은 살아서도 말이 없구나

밟고 있는 흙에도 핏물 젖어들어 비명과 같이 폭발해
날아간 목이여

흙 나르는 수레의 침목 흔적에 우리의 어두운 과거를
보누나

쇠사슬 끄는 강제노동자 500명의 주검을 세어보세 마
이즈루산 고자쇼[3]

---

3) 왕족 이주 예정지.

# 마츠시로 대본영(松代大本営)


철새여 가거든 알려다오 마츠시로굴에 멀리서 끌려온
민족의 참상을


"의미 없는 굴을 판 곳은 어디메뇨" 전쟁 후에 돌아
본 소화 천황의 말이라


마츠시로호에서 살아 돌아오니 모두들 집념이 강하다
하기에 내 의지였노라 생각하네

# 인간 쇠사슬

군선에 실려간 수많은 젊은이들 돌아오지 않네 빗속
의 학도병 출진

권력에 빌붙으면 살아가기 쉬우니 '검정은 합법'이라
쉽게도 말하네

제자의 삶을 참탈해버린 과거의 아픔을 느끼기나 하
는가, 너희 교사들이여

자위대에 제자를 보내니 전후 이미 망해버렸나 평화
교육

무기를 손에 든 군대 파병을 국제협조라 하지만 평화
헌법 어디에도 그런 말은 없어라

개헌·창헌 중대한 말 난무하니 도시에도 마을에도
시끌벅적 축제로세

인류도 지구도 멸망할 위기이니 '평화헌법 9조' 성스
러운 말로 받들어지네

2십만의 주검들도 되살아나 손잡고 가데나 기지[4]를
에워싸는 '인간 쇠사슬'

## 소화시대 끝나던 날[5] (1987~1990)

## 소화시대 끝나던 날

근거도 없으면서 존엄하다고 숭배하며 무릎 꿇고 명
부에 이름 적는 백성은 지금도[6]

"힘드신 시대를 살아오셨네"라고 하네, 죽어가며 고생
한 건 국민이련만

"악마의 제왕에게 지옥이 기다리네" 천황의 실상을 외
국신문 보도하네

마지막 그날까지 전쟁 범죄 고백이 없으니 13일째 밤
의 달에게 물어보리

"자숙을 원치 않으시니"라고 하는 소리, 진정 국민을
걱정함은 없었던 천황

자숙을 부추기는 자가 자숙을 보이지 않는 기묘한 위
선만 눈에 들어오네

---

4) 오키나와에 있는 미군기지.
5) 소화(昭和, 쇼와) 천황이 죽던 날.
6) "천황의 백성도 지금도 줄을 잇네"를 줄인 표현.

# 소화시대 끝나던 날

전쟁 책임에 '말 표현'[7]이라 하였던가 천황 중태의 날
에도 떠오르는 기억

평화의 가면 쓴 천황, 오래 오래 살아서 '말씀'을 더
하소서

신문도 교과서도 적지 않는 천황의 전쟁범죄 소화역
사를 왜곡하네

마지막 황제 되지도 되게 하지도 않으려는 힘이 있건
만 민중 봉기 이 나라에는 없구나

대원수 백마 타고 안개에 사라지니 살해당한 민중은
몇 천만이라

몇 천만 죽였건만 회개의 말조차 없음은 인간도 못
되는 것인데 신(神)이라 함은

---

7) 1975년 10월 31일, 일본 기자클럽 회견에서 소화천황은 기자로부
터 '전쟁 책임'에 대해 질문을 받자, "그런 말 표현(수식)에 대해
서는 나는 그런 문학적 방면을 그다지 연구도 하지 않아서 잘 모
른다"고 변명함.

# 소화시대 끝나던 날

　"이 몸이야 어떻게 될지라도" 근거 없는 구국신화[8]
퍼지고 있네


　"또 하나 전쟁 성과 올리고 나서"[9]라며 싸움도 말리
지 않고 늘 평화를 사랑함이라니


　"미군을 보기좋게 부술 수 없느냐"[10] 스기야마 메모
에 비추어진 천황의 뜻은


　천황의 명령으로 파병되어 해골이 된 병사들의 통곡
을 들어라


　천황을 에워싼 검은 그림자, 3백만 국민 학살 2천만의
저주 들려오네


　"잡초라는 이름의 풀은 없네"[11]라 하며 민초에는 마

---

8) 1945년 9월 27일, 패전한 소화천황이 연합군 최고사령부의 사령
　관 맥아더를 방문해서 "이 몸이야 어떻게 될지라도 국민을 구할
　수 있다면"이라고 말했다고 널리 퍼져 있는 이야기.
9) 1945년 2월 14일, 고노에 전 수상이 종전의 결단을 상소한 것에
　대해서 소화천황이 한 말.
10) 1943년 11월, 스기야마 전 육군참모총장의 전황 악화 보고를 듣
　고 소화 천황이 한 말.
11) 1984년 8월 31일, 기자회견에서 식물학자이기도 했던 소화천황

# 소화시대 끝나던 날

음이 흔들리지 아니 하였던가


어렴풋한 어둠에서 마왕이 나와서 지휘를 하려나 대
교향곡 '천황 찬가'


시간조차 군주에 통치되랴 새 연호에 이의도 제기 않
는 국민이 이토록 많을 줄이야


슬그머니 위헌의 의식은 정해져 국민을 통치하여 가
네


3권의 우두머리 정중히 경례하는 조견의 의식,12) 국민
주권은 어디로 갔나


64세의 소화 천황과 함께 살아온 싸움의 날들도 혼미
한 평화도


일본 열도를 덮은 짙은 안개 속에 나타나는 것은 불
길한 금색 문장

---

이 했던 말.
12) 조견의 의식이란 아침에 천황 말씀을 듣는 의식을 말함. 현 헌법
에서는 조견의식은 위헌이라 봄.

# 소화시대 끝나던 날

전쟁과 허구의 평화와 반동으로 비가 되어 내리는 소
화시대 끝나는 날

# 소화천황 장례식 날

찬비에 우산 쓰고 두터운 옷 차려 입고 고무장화 신
고 나가네 오사카성 공원

아직도 새싹 돋지 않은 은행나무 가로수에 찬비 자욱
하니 퇴영시켜 안 되는 것 있어라

'천황 반대' 찬비 내리는 공원에 모여드는 이들의 양
심적 의리를 생각하네

데모 행렬에 죽은 자의 발자국 소리도 겹쳐져 "천황
은 필요 없다"는 쉬프레히콜[13]

밝은 내일이 아닐지라도 지금 이 순간의 뜻을 데모에
이어가니…

플래카드 가지고 데모대 따라가는 아이들 점퍼에 2월
의 찬비 젖어드네

---

13) 일단의 사람들이 일정한 억양과 곡조에 따라 낭창하는 표현 양
식. 정치 연설이나 데모 등에서 어떤 슬로건이나 모토를 공동 낭
창하는 데 쓰였다.

# 소화천황 장례식 날

　권력을 위해서 죽지마라 죽음을 당해서도 안 된다는
플래카드 가진 작은 손 시려오네

　틈만 있으면 덮쳐오는 방패와 경찰곤봉에 끼어서 앞
으로 나아가는 미도오스지 데모

　무표정에 굳어진 얼굴 방패를 들고 선 젊은이들이여,
화려한 임무라고 생각을 마라

　미워한 적 없건만 너희들 권력층에서 우리를 공격하
려 하느냐

　장갑차에 납치되어 갔는가 무슨 일이 생겼나 시끌벅
적 대열이 흩어지니

　죽임 당한 몇 천만의 목메임이려나 천황장례의 어느
날 찬비 멈추니

# 천황 즉위

한국은 박달나무 위, 일본은 마루의 미닫이 후스마
문,14) 하느님이 내려왔다는 신화

하늘이 강림했다는 허구의 신화를 사실처럼 우리를
속박하는 현대의 신 천황

수많은 의례가 메이지 시대에 만들어졌건만 '고대의
방식대로' 아직도 말하는 곳 있네

허무한 것을 가치 있는 것처럼 장식을 하고 일반인과
격리하여 막을 열게 하네

전쟁 때 외치다 죽어갔나니 썰렁하게 들려오네 "천황
폐하 만세!"

삼부의 수장들도 천황 칭송에 줄을서니 '천황의 나라'
된 듯 하여라

천황 등 뒤의 어둠속에서 넘쳐 나오는 아시아 민중의
음울한 저주

---

14) 한일 양국의 신화에서 왕이 지상으로 내려왔다는 장소를 의미함.

# 나가사키 시장 총을 맞다[15]


'진실'에 총구가 겨누어져도 은폐되는 천황의 전쟁책
임


외국신문과 달리 전쟁범죄 사람들에게 말하게 하며
신문 '언론의 자유'를 논하니


"민주국가에 왕은 필요가 없다"라는 의견,[16] 천황가가
조용히 사라지는 날 오려나


---

15) 1998년 1월 18일에 있었던 사건.
16) 오다 마코토 씨의 의견.

# 미노오충혼비 소송 고등재판소 판결[17]


천황 위해 죽은 것을 기리고 "그 뒤를 따라서"라는 충혼비 있으니

육지로 바다로 사라져간 병사들의 통곡을 듣지 않고 충혼비 높이 세워지니

"군비 확대에 반대하며 싸움을 계속 하리"[18]에 우뢰 같은 박수로 화답하네

침략당한 쪽에서 보는 '충혼'을 생각하라 위령은 반전
· 비무장

---

17) 1987년 7월 16일 오후 1시에 있었던 판결.
18) 원고 패소 직후의 가미사카 레이코 씨의 말.

저녁 노을(1987~1990)

## 이에나가(家永三郎) 교수의 교과서 소송 재판 '오키나와 법정'

복잡하고 깊은 땅굴 파는데 쫓겨 살다가 죄 없이 죽은 자들의 신음소리 들려오누나

황민화 교육 끝에 자결이 있었으니 살아남은 자는 그 한을 말하라

땅굴을 뺏고 음식을 뺏고 스파이라 하여서 주민 죽인 것은 천황의 군대라

"내 어머니를 내 손으로" 넘쳐나는 눈물이여 아픔의 고통은 무겁고 평생을 짊어지리니[19]

능욕 후에 학살을 두려워하여 사랑하는 사람부터 먼저 죽였으니[20]

흘린 피로 강물은 시뻘겋게 물들고 시체가 무수하게 늘어졌다고 하네 자결의 동굴[21]

---

19) 긴죠 시게아키 교수의 증언.
20) 긴죠 시게아키 교수의 증언.
21) 긴죠 시게아키 교수의 증언.

이에나가(家永三郎) 교수의 교과서
소송 재판 '오키나와 법정'


　부모가 자식을 남편이 아내를 참으로 불쌍하게 329명
의 처참한 죽음이여


　사령관의 자결과는 다른 참혹한 죽음을 집단자결이라
하다니


　어둠의 땅굴속 적막함에 슬피우는 망자의 목소리와
더불어 강물소리 듣노라


　강요당한 자결이 있으니 40여년 지금도 유골이 나온
다는 땅굴

# 아라사키 해안[22]
## -『류큐신보』의 미야기 기쿠코 씨의 기사를 보고

어두운 밤 파도소리 소녀들 하나 둘 이어지는 '고향'
의 합창

폭발로 터져죽은 소녀의 뼈 자그마하니 바위터 바람
에 어머니를 부름인가

서로 안고 어머니를 불렀을 소녀들의 부서져간 유골
에 담겨진 그 목소리

어두운 바다의 밤도 달이 비추는 밤도 소녀들의 작은
뼈 어머니 그리워 슬피 우네

변해버린 친구의 부서진 뼈 주우니 두개골에 남겨진
세 가닥 많은 머리카락

---

22) 오키나와에 있는 해안.

## 저녁노을
### ―부모를 그리며

어린시절 아버지와 함께 본 저녁놀, 가슴 아픈 유산의
하나가 되니


## 축제는 멀고

아들을 에워 쌓던 축제는 아득한 기억, 아들이 다녔던
언덕의 학교에서 교가가 흘러나오네

# 동북지방의 아키타 츠가루 사미센

고독에도 아픔에도 참아내는 겨울 길어라, 얼었던 나
무 쪼개지는 소리 예리하니

한탄의 반복이여 타인보다 매몰차니 아내와 산다면
다정스런 말을 들어보고 싶건만

# 교과서 재판 2차 소송 패소[23]

   시소[24] 강하게 소금에 문지르며 장마의 주방에 승소
기다리는 오전 10시[25]

   스기모토 판결 지금도 우리에게 살아있으니 판결 전
야, 지원하는 친구 출발하네

   아예 괴념치 않고 당당한 모습으로 법정으로 향하는
이에나가 교수 보이네

---

23) 1989년 6월 27일에 이에나가(家永三郎) 교수의 교과서에 대한 2
차 소소에 대한 재판이 있었다.
24) 일본의 깻잎 같은 것.
25) 스기모토 판결 때의 시.

# 그 땅의 백성

외로움을 공유하는 노인 두 사람, 꽃을 향하여 침묵하
고 있으니

나보다 먼저 가는 게 정해진 듯 생각하는 남편은 맘
편한 사람이려니

권력보다 멀리 '그 땅의 백성'과 함께 있으니 예수는
무기를 버리고 비폭력이어라

# 노태우 대통령 일본 방문

강제연행, 창씨개명, '위안부' 한국 민중의 슬픈 눈물

"천황의 명확한 사죄를" 요구하는 한국민의 목소리에
깊이 동의하니

권력과 합의하에 '말씀'이 있으니 5월의 바람 시원치
가 않구나

# 차별의 비

조국에서 쫓겨나 강제연행, 피폭사 당한 뒤에도 차별
의 기념비가 있으니

전쟁의 원인도 가해도 말 못한 채 피해만 말하며 패
전일 가까워

진실을 모르는 채 바보가 되니 '비국민'이라며 서로
감시를 하는구나

먼 그날에 목숨을 빼앗겨 사라진 젊은이 있고, 아무렇
지 않은 듯 파도 타는 젊은이들도

아우슈비츠, 카틴의 숲 학살사건도 사죄했건만 아직도
밝히지 않는 남경대학살

공원의 모래놀이터, 그네, 어린 아이들, 지구에 군대가
없어지는 날이 올까나

## 8월의 망자

이웃 나라에 큰 데모 있으니, 평화헌법 무너지는 위험
에 무엇인가 이 적막은


반드시 어두운 밤은 온다고 탄식하다가 죽어간 구리
하라(栗原貞子) 씨[26]


몇 번이나 어전회의를 말하면서도 전쟁사 강의에 천
황 말은 없구나[27]


권력자의 대접, 비뚤어진 사회주의 평등, 인권은 아름
답다고 생각하니


어느 시대에도 패자가 있고 노비가 있고, 돌 운반에
고통스럽게 땀 흘리는 사람들[28]

---

26) 구리하라(栗原貞子) 씨의 시를 보고.
27) NHK 교육TV를 보고.
28) 고시키총 고분에서.

# 소수의 양심은 감옥에

소수의 양심 감옥에 이어지니 전쟁전과 전쟁중을 떠
올리누나

박수치고 국장 치루나 PKO[29] 성립 대다수가 양심이
없는 것은 예나 지금이나

비스듬히 몸을 부둥켜 안은 젊은이들의 행복한 순간
에 파병법 성립되네[30]

'15년 전쟁 전야'라고 우리도 염려되네 아시아에 세계
에 다시 죄를 짓는가

"악마가 와서 피리를 부네"[31] 누구를 위한 전략 때문
에 가서 죽어야 하는가

아시아 침략 언제부터라고 밝힐 수 있을까? 진주만
50년만 말하는 변명

---

29) 1992년 6월에 가결된 국제연합(UN) 평화유지 활동에 대한 협력
   법안을 말함. 이 법안은 동년 8월 10일에 시행됨.
30) 1992년 9월 17일, PKO 파견부대 제1진이 캄보디아를 향해서 출
   발하는 것을 보며.
31) 하메룬의 피리 부는 남자에서.

# 천황 방중

누가 말장난 하는가 황실 외교 '상징'에 불과하건만
국정관여란

진정 마음속에서 우러난 사죄는 없네 세습 천황도 일
본 국민도

731부대의 죄 증거도 대학살도 사실 직시를 피하는
여정

부끄러움도 염치도 없이 방중해 견당사[32]를 화제 삼
누나

민중의 외침 봉인하고 '우호'에 삐걱거리는 무엇인가
가 다가오네

---

32) 당나라 파견의 역사.

# 십자가

탑 꼭대기에 십자가 모반 없는 민중이 쫓는 암흑의
역사

냉혹한 시선을 퍼붓는 어리석은 자가 아직 노래하는
반체제의 노래

먼 옛날 '명예의 집'[33]이 있었지 죽음을 찬미하려고
기획된 것

---

33) 전쟁중에 전사자가 나온 집.

# 한결같은 의지

   누구를 위해 끊어진 생명이던가 참으로 슬픈 8월의
위령

   소수 중의 소수가 될지라도 '제9조, 비무장' 한결같은
의지

   이재민에게 바르게 앉아서 손 내밀어 돕는 것을 깨닫
지 못하는 왕가의 위선이 있으니[34]

   식민지 침략을 슬그머니 사죄하고 슬그머니 받아들인
한일간의 우호[35]

   위정자에게 과거는 가벼우니 상흔 깊어 민중의 한

---

34) 1993년의 홋카이도 대지진 때.
35) 호소가와 수상이 한국을 방문했을 때. 호소가와 가문은 식민지시
   기에 거대한 농장을 소유했다.

# 한신 아와지(阪神淡路) 대진재(1994~1995)

## 익찬(翼贊) 정치

'호헌' 말 없이 "연립을 지킨다"라고 말하는 절조 잃
은 면면들이 있으니

총반동 여야당 당수가 악수하고 익찬정치인가 속을
들끓게 하누나

"거짓말쟁이 신문이 전쟁을 부추겨" 로맹 롤랑의 '클
레람보(Clérambault)'에게 말하네

북한의 위기를 조장하며 유사사태 외치니 그 옛날에
도 지금도 권력이 조장하네

자민당 괴뢰정권의 실태를 뚜렷하게 '자위대 합헌'[36]

---

36) 1994년 7월 20일, 당시 3당 연립 내각의 무라야마 수상은 자위
   대의 합헌을 말함.

# 명령한 사람은 무사하고

천황제 지배기구의 실태를 모르며 황송해 하는 '종전
의 조칙(詔勅)'37)

명령한 사람은 무사하고 한 시대 살다간 사람 죽이고
죽어간 병사들

---

37) 2차대전 때 미국의 전면항복 요구를 받아들이지 않다가 결국 히
로시마와 나가사키에 원자폭탄이 투하됨으로써 마지못해 천황이
하게 된 종전 선언을 말함.

# 지원한 친구, 떠나다

‘니시키가하마(二色ガ浜) 해안’ 아름다운 역에 내려
너의 장례식에 '교과서'[38] 같이 한 친구들

오로지 교과서 소송을 지지해온 친구의 얼굴 관 속에
하얗고 자그마하게

출판의 시각은 가깝고 교과서 소송 의지 잇는 친구들
과 모여서 일어서니

한 사람 또 한 사람 ‘지원’하던 친구가 가네 금계꽃의
작은 꽃을 흘리며

---

38) 교과서 문제의 소송에 대한 재판을 말함.

# 한신 아와지 대진재[39]


찰나에 악몽처럼 어두워진 거리 무너져 이미 불길이


양말채로 뛰쳐나가 구두 빌려서 모포 있는 곳으로, 사
람의 친절함


물 없어서 타오르게 해 300의 불길 계속해서 고베 회
진[40]


헬리콥터 나는 일 촬영을 위한다고 하네 불타는 도시
의 상공을


칠순을 지나서 집 무너지는 지진을 만나니 무엇을 남
기려 하는가 나머지 삶은


---

39) 1995년 일본 관서지방의 한신 아와지(阪神淡路)에서 일어난 대지
　　진의 재앙.
40) 흔적도 없이 다 타버림.

# 기와 조각 모으며

　"용기를 잃지 말고 노래를 계속하자"며 기와조각 모으
는 우리에게 새로운 사전 가져 오네

　산을 깎고 바다를 메워서 인간의 교만과 땅의 분노
듣네 거대한 위력을 보라

　피난소의 추위 유행성 감기라 듣네 우리는 따스한 침
구와 식사와

　피난소에 가설 주택에 한 사람 죽어가네 아무도 없는
노인네에게 복지도 없이

# 수천만의 죽음

어둠을 가르는 수천만 죽음의 영혼 반딧불로 날아라
사죄 없는 50년

50년 가해를 은폐하는 '부전 결의(不戰決議)' 사죄,
부전의 글자도 없애고[41]

미국의 세계 제패에 이어지는 '안보 견지'를 모르는
척 하누나

"천황에게 전쟁 책임은 없다"고 '심복 도미이치'[42]가
슬그머니 말하네

---

41) 1995년 6월 9일, 여 3당의 찬성으로 결의했으나 내용은 부전(不
戰)과 거리가 멀었다.
42) 무라야마 도미이치(村山富一) 전 수상을 말함.

# 두루미의 춤

억지 위협이 있었던 '한일합방' 법적으로 정당하다고
잘도 말하누나

겉치레 사회 수치로 생각하라 '위안부'의 국가배상을
하지 않는 수상은

타국의 어린아이 집어던져서 찌르고 병사들 돌아와서
무릎 위에 자신들 아이 안다니

두루미의 구애의 춤 아름답구나 인간은 핵 폭발시켜
살육을 다투건만

# 흩어지게 한 것은 누구인가

"성조기여 영원하라"고 전쟁에 끌려 나가려 하는가 안
보 재정의[43]


다음 세기에도 전쟁은 계속 치르는가 방위 강화, 미래
를 실어오는 노래소리는 들리지 않네


'대본영 발표'를 보도했던 매스컴도 태연히 살아남아
서 51년


"전쟁터에 흩어지니"라는데 흩어지게 한 것은 누구인
가 뻔뻔스럽게 말하고 조용조용히 걷구나

---

43) 1996년 4월에 하시모토 당시 수상과 클린턴 대통령이 극동에서
   의 유사 사태 때 미일 안보체제의 광역화에 대해서 발표한 공동
   선언을 두고 한 말임.

# 억만에도 보상해야

국가 배상 한일 조약으로 해결되었다고 하네 '위안부'
문제에 냉담한 정부는

납치한 국가의 죄를 회피하고 '국민연금'[44]으로 바꿔
치기 한 기만

전쟁을 원망하는 유족의 말 우물거리며 천황에게 말
못하게 하니 알 수가 없구나

학살병의 성노예로 타락시키고도 장사 행위라는 겁나
는 말 하누나

억만에도 보상할 수 없는 심신의 상흔을 납치하였던
나라의 사죄 없는 비인도성

---

44) 1995년 7월 발족. 정식 명칭은 '여성을 위한 아시아 평화국민연
금'임. 1995년 7월에 발족했으나 2007년 3월에 해산되었음. 일본
정부는 국민연금을 통해서 배상금을 주려다가 무책임하게 그것도
일본 정부의 공식 입장이 아니라고 하다가 많은 비난을 받았다.

# 고독한 노인의 임시보호소

대지진에 불타버린 고독한 노인의 죽음 개발행정 복
지없는 고베(神戸)

백 명도 넘는 병든 고독한 노인들의 임시보호소에서
의 죽음 있건만 지금도 계속되는 새 공항[45) 건설

생명이 사라져갈 때까지 조금씩 밤의 어둠에 외로움
울려 퍼지는 개 짖는 소리

---

45) 고베 공항.

# 씨를 가로로 뿌려서는 안 되네

절단된 '생(生)'이 있으니 게르니카의 소, 아이, 여자의
절규에 멈추네[46]

전쟁의 고심 섬광처럼 뚫고 아비규환에 정지하는 게
르니카의 '생'

---

46) 피카소의 게르니카 전쟁 그림을 보면서.

# 천황교

궁중행사에 참가한 왕위 계승자 나란히 서서 방탄유
리 안에 보이는 얼굴[47]

천황교 큰 전쟁에 기인하건만 부끄럼도 없이 축하하
는 사람들 1,000명도 넘는구나

창작은 민중이 안 되네 '우아한 왕조문화'라고 세뇌하
면서

흑백같던 전쟁전이 컬러가 되어서 다시 살아나는 '일
본은 좋은 나라, 신의 나라'[48]

---

47) 일본 왕족이 행사 때 모인 국민 앞에 나란히 나타나서 방탄유리
    안에서 손을 흔듦.
48) 전쟁 전 일본의 초등학교 교과서에서 강조되던 표어.

# 페루 사건

절반에 이르는 움막집의 가난한 자들에게 무엇을 꾸
미려나 후지모리[49]의 격려

가족들의 인양도 거부당한 MRTA 14명의 시체는 어디
에

돌 깨는 현장에 돌 나르는 다섯 살 아이의 작은 손
가슴 아픈 페루의 빈곤

4천미터 고지에 감옥 옮겨 정치범을 극한과 기아에
버려둔 냉혹함

---

49) 페루의 일본계 대통령이었던 후지모리를 말함.

# 겨울 석양의 날

천하 국가를 논할 때에 외로운 터키, 도라지 바람에
흩날리누나

미워해야 하는 것을 미워해도 시원치 않지만 고적대
지금 지나간다오

# ‘성전 사관(聖戰史観)’의 교과서

진실을 적을 수 없는 검인정 교과서를 아직도 호소하
며 반일이라고 부르네

권력층의 역사관 소리 높여 침략, ‘위안부’ 터무니 없
다 말하네

교과서 까맣게 색칠한 곳 빛에 비춰서 나타나듯 드러
나는 ‘성전 사관’

아름다운 나라여 민족이여 나라를 사랑하라고 꺼림칙
한 복고를 외쳐대는 소리

# 아아 '위안부'

받은 자의 깊은 상혼 생각하지 않고 침략, 학살, 아아
'위안부'를

저항을 포함해서 '리리 마를레인' 부르더니 세뇌되어
서 '바다로 가면'을 부르네[50]

하늘도 땅도 멸망할 때까지 전쟁은 그치지 않으려가
만물의 영장이라 누가 말했나

헌법 위에 있으면 안보, 식민지 일본을 부끄러워 하지
말자 평화헌법 9조가 있으니

세계의 지뢰는 1억 1천만 개 인간의 악랄함을 보누나

---

50) '리리 마를레인'은 2차 대전 때의 반전노래로 유명함. '바다로 가
면'은 일본이 1937년에 실시한 국민정신강조주간의 테마곡으로
NHK가 위탁해서 만듦. 처음엔 출정하는 병사를 위하는 노래였
지만 전쟁 후반기에는 대본영 발표 후 1억의 일본인을 전쟁으로
내모는 노래가 됨.

# 이에나가 교수 교과서 재판 3차 소송 최종판결의 날

시 한 수 교과서 재판에 활용하여 성과 있으니 시를
짓는 보람 있구나

부축 받아 야윈 몸 지팡이 짚고 이에나가 교수 지금
기자회견하니 만장에 박수구나

"전시중 방관자가 된 비행동의 책임"으로 길고 긴 소
송의 동기를 말하누나

# 카잘스의 '새의 노래'

영혼의 깊은 곳에 다가가 평화를 바라는 카잘스의 '새
의 노래' 정갈하고 조용하게

핵 만들어 핵폭발 시키는 일 진보라는 생각은 없네,
내일의 노래는 들리지 않구나

# 제Ⅲ부

## 바람의 음악

**가을의 만남**(1999~2003)

# 잊을 수 없는 만남

피해자와 정신대 대책 협의회의 만남 간직한 나전칠
기의 작은 상자의 광채

# 김대중 대통령 방일

‘일왕’을 ‘천황’으로 바꾼 민족의 고난과 굴욕 경박해
져 가누나

‘사과’보다 ‘사죄’의 망설임 어느 정도의 죄의식일까
가해국 일본

역사인식 결핍되었다고 가해자가 말하는 죄책감 알리
지 못한 깊은 단층

식민지 지배의 무참함에 입 다물고 천황의 방한을 청
하니 후련하지 못하구나

국가 배상에 함구하고 사죄를 평가한다니 ‘위안부’의
깊은 한 가라앉을 수 없으리

몸속에서 쥐어짜는 ‘아이고!!’의 외침 들리지 않나 아
아 ‘위안부’는 일언반구도 없는 타협

성노예로 평생을 뺏겼어도 반성 없어 한(恨)이 넘쳐흐
르는 외침 있으니 ‘천황 초청’

# 김대중 대통령 방일

김대중 납치되었던 어두운 사건 오히려 공범자 일본
정부는

민중의 분노의 소리를 들어라 '우호'라는 추한 정치의
아름다운 말

# 말을 잃어

치마 저고리 찢겨진 소녀들의 비명 '위안부' 연행에
이어지는 차별

굴욕과 나쁜 병으로 시달리는 피해자의 현실에 말을
잃어

납치되어 군의 성노예가 된 사람들 죽어간 병사들보
다 참혹한 그 일생

# 전쟁 매뉴얼

자위대의 대인지뢰 100만개 폐기한다더니 아직까지
보유하고 있다 하네


얼마나 많은 사람을 죽이려나 자위대의 탄약 보유 11
만 6천톤


국회를 흔드는 큰 데모도 없이 전쟁에 가담하는가 '가
이드 라인 법안'1)


전쟁에 돌입할 때도 편안히 신을 말할 수 있을까 과
거처럼


타이밍 좋게도 수상한 괴선박 출몰이라네 가이드 라
인 법안 국회 심의하는 그 와중에


예전엔 러시아 지금은 북한을 적국으로 설정하여 방
위비 늘여가네


군사국가 북한의 상황에서 쉽지 않으려나 '햇빛정책'

---

1) 1997년 4월에 하시모토 내각은 신 가이드라인인 "유사사태를 상
   정한 미일방위지침"에 따라 주변사태 법안 등 관련 3개 법안을
   결정함. 같은 해 5월에 오부치 내각은 신 가이드라인 3개 법안을
   성립시킴으로써 미일 안보체제는 새로운 단계로 이행됨.

# 피와 뼈의 깃발

'피와 뼈의 깃발'이라 노래한 시인[2] 있으니 일장기 앞
세워서 침략하였네

전쟁터로 내몰기 위한 존중과 차별의 교육 '국체(国
体)의 정화(精華)'[3]

"기미가요[4]는 천 대(代)를, 8천 대를" 빈곤과 전쟁, 특
별고등경찰, 치안유지법[5]

전쟁전으로 회귀하려는 집념의 정당 있으니 반세기를
지배한 지금 환호성을 울리네

가정을 소중히, 군주를 소중히 하는 드라마 번성하니
집보다도 나라보다도 버려진 민중

원수를 죽이는 드라마 좋아하는 민족성인가 군비증강
을 바라는 남자들

---

2) 구리하라 사다코(栗原貞子).
3) 천황제 국가를 자화자찬하면서 천황을 절대시하는 세뇌교육을 말
　함.
4) 일본의 국가.
5) 사상 통제를 통해 천황에게 복종하고 전쟁에서 목숨을 바치는 신
　민을 양성하기 위한 법.

# '국기 국가'법[6] · 유사법 제정

　　"국가를 부르지 않을 자유는 없다" 법제화에 일찌감치
말하네 기미가요 무섭구나


　　'기미가요'의 반주 거절하면 면직을 시킨다네 '마음의
자유'조차 구속하고 있구나


　　하나의 방향으로 민중을 몰아넣으려 할 때 권력은 손
을 대네 교육개혁


　　기독교계도 불교계도 무수한 목소리 드높여야지 '유사
법' 제정에


　　다산 촉진의 목소리[7] 다시 시작되구나 목표하는 것은
가족 간호와 죽어줄 병사들

---

6) 공공장소에서 일본 국가를 부를 때 따라 부르지 않으면 법적으로
　 제재를 당한다는 법.
7) 일본은 전쟁 당시 병사를 증가시키기 위하여 사내아이의 출산 장
　 려를 국가정책으로 삼았던 적이 있다.

# 즉위 10년

전쟁의 죄상 무겁게 끄는대로 즉위 10년 무엇을 축하
하나

천황교에 수렴되지 않는 일편단심의 뜻 '충혼비' 24년
의 싸움8)

천황제 지배기구를 만들어낸 메이지를 평가하는 시
바9)의 역사관이란

천황제 군국시대에 국민을 굶기고 딸은 팔리고 병사

---

8) 충혼비란 천황에 충성을 다한 사람들의 영혼을 기리는 비. 1976년
오사카의 주부 6명과 그들의 남편 3명이 일본정부에서 명치시대
이후 전쟁에서 수많은 자국과 타국 국민을 희생시켜 놓고 충혼비
만 세우는 것에 대해 '충혼비 소송'을 제기했다. 1982년 오사카
지방재판소는 "충혼비라는 것은 천황을 위해 충의를 지키며 전사
한 사람을 비는 예배 대상물"로서 "과거 국민에게 참배를 강요한
야스쿠니 신사나 호국신사와 같은 역할을 가지고, 천황의 통치와
성전에 의미를 부여했던, 군국주의 교육에 이용당한 종교시설이
다."라고 하여, 오사카 미노시의 충혼비 공비재건은 정교 분리 원
칙에 반대되는 헌법 위반으로 판결하여 1983년 원고인 주민이 승
소했다. 그러나 1987년 7월 16일, 오사카 고등재판소는 종전 판
결을 뒤집고 헌법에 합치한다는 판결을 제기하여, 주민측이 상고
했지만 최고재판소는 1999년에 원고측의 전면 패소를 결정했다.
9) 일본의 인기작가였던 시바 료타로를 말함.

# 즉위 10년

는 죽어갔네

　천황교에 집중되는 때 동화, 흡수되어 간 사람들은 훈
장과 꽃다발을

　황군의 성노예가 되어서 무참해진 '종군 위안부'란 말
지운다는 교과서

　침략도 학살도 아아 '위안부'도 허망하구나 진실을 왜
곡하여

# 평화헌법 9조 파기하려는 음모

전장의 오키나와 전후에는 기지를 강요하고 지금은
서미트[10]에 농락되어 가네

과거를 보지 않고 미래를 우려하지 않는 시끌벅적한
헌법 '개정'의 소리

미국에 '9조의 모임' 있는 이 나라에 9조를 파기하려
는 큰 음모

______________

10) '오키나와 서미트'란 2000년 7월에 일본 오키나와에서 열린 미일
   정상회담을 말함.

# 성전 대비

온갖 포악함을 자아낸 전쟁을 성전이라 부르며 큰 추
모비는 세워지니[11]

'대일본 제국'은 지금 세워졌으니 12미터의 성전대비
에 협찬한 사람들

전 아시아를 침략하여 학살한 큰 죄업 '역사를 비추는
거울'로 시를 짓누나

---

11) 이시가와현 성전 기념 추모비.

# 통일의 염원

　백지에 파란 한반도 지도 물들이는 통일의 깃발 '평화'의 바람 안고 있으니

　남북 선수들 손잡고 손 높이 올리니 아아 '통일의 염원'을 위한 행진

　'코리아, 우리의 소원은 통일'이라 노래하네 남북을 가르지 않는 합동 응원

　아리랑 노래는 흐르고 한반도기 넘실거리며 나아가니 여명이여 오라!!

　식민지·전쟁·분단과 고난의 민중 아리랑은 흐르고 한반도기 파도를 이루네

　기괴하여라 통일을 반기지 않는 소리 한국에 있다네, 군대와 관련되는 사람들이라 하네

　한번도에 '통일'의 서광, 일본에 '신의 나라'의 어둠 다시 오는가

　한반도 분단의 죄 우리도 짊어져야지 36년의 식민지가 있었던 뒤이니

# 전쟁같은 건 있어선 안 돼!

아시아 은폐하는 2천만의 학살을 '해방'이라 하는가
'새역사모임' 교과서


"이런 왕릉 대부분은 거짓말"이라고 산길에서 마음을
같이 하는 시인 친구와의 대화라


대량 학살의 왕이 평화의 왕이 되어 왕릉에 잠드니
몽매함은 여기에서


'아베 마리아' 첼로 켜는 소녀의 하얀 팔 깨끗하고 부
드럽네 전쟁같은 건 있어선 안 돼!

# 여성국제전범 법정[12]


'천황 히로히토 유죄'에 회장은 터질듯한 함성 '여성
국제전범 법정'

천오백 명의 집회 알리지 않는 매스컴이 있으니 천황
을 말하면 우익들이 습격하는 나라

한 사람의 '위안부'에 병사 수십 명을 받아야 하는 날
들이여, 죽음보다도 처참하여라

정책에 불리하면 나라가 회피하니 "천황을 재판하다"
국제민중의 법정

---

12) 2000년 12월에 동경9단회관(구 군인회관) 일본청년관에서 있었던
　　여성국제전범에 관한 법정 재판.

# 이 다음에 다가 올 것

　　헌법 '개정' 반대 집회 5천명이라건만 알리지 않는 매
스컴과 이 다음에 다가올 것


　　오직 '부정'·수뢰·전쟁 좋아하는 권력이 진정 뻔뻔
스럽게 말하는 도덕교육


　　"군(君)을 하늘, 신(臣)을 땅"으로 하는 17조 헌법,[13]
민주시대에도 이어지네

---

13) 나라(奈良)시대인 604년에 발표된 일본의 17조 헌법에는 군주에
　　대한 맹종이 강조되었다. 아시아태평양전쟁 때 천황을 받들자는
　　슬로건으로 이 헌법이 이용되었다.

# 한일 선린의 역사

한일 선린의 역사 배우려고 지금 새삼 깊이 듣고 있
는 '조선통신사'

민족의 말 빼앗았으니 그대를 향해 한국어 모르는 것
을 죄처럼 느끼네

# 신들의 황혼

부와 군비로 세계를 지배하다 마천루의 빌딩 2개의 자폭 테러로 붕괴되누나

무력 보복을 선언하고 '신의 가호를!!'로 이어지는 신들의 황혼

땅위에 억만의 빈곤·기아·난민, 마천루의 영화 무너지는 영상

예속되어 기지 두는 나라의 위기 생각하네 파병 말하는 소리 전쟁 부르는 소리

# 아프칸의 아이들

죽기 위해 태어난 아이들의 운명이런가 아프칸의 아
이들에게 폭격과 기아

아프칸의 어린아이 커다란 눈동자의 젖은 눈망울, 이
아이들에게 굶주림과 죽음 없는 내일을!!

'테러 특별법'14) 심의 4일에 제정하니 전쟁의 책임은
국회도 민중도

늙어도 할 수 있는 의사 표명 몇 명의 친구들과 서명
하네 '참전 반대'

---

14) 2003년 3월 20일에 미국과 영국군에 의한 이라크 공격이 시작된
   이후, 같은 해 7월 26일에 일본은 이라크 부흥 지원 특별 차치
   법을 제정하여 비전투 지역에 자위대 파병을 가능하게 했다.

# 병사여 전진하라

　아득한 신무(神武)천황의 즉위도 기술되어 다시 살아나
는 전쟁전의 '새역사모임의 교과서'


　고이즈미정부 검정 합격의 교과서 나오니 "전진하라!
전진하라! 병사여 전진하라!"15)


　깃발 행렬, 초롱불 행렬, 대바겐세일, 로열 베이비의
광소의 곡16)


　전범(典範)17)을 바꿔서 여제후도 만들자는 소리 마치
진보된 세상같은 평판


　왕실제도 폐지 소리 결국 들리지 않으니 일본 열도
눈 내려 안개속 같네


---

15) 1933년에 나왔던 소학교 국어 교과서에서 군국주의 교육 내용에
　　따라 실렸던 참전 촉진의 글.
16) 2001년 12월 1일에 태어난 왕세자의 첫 딸 아이코의 출생을 축
　　하하는 무드에 젖은 일본사회를 풍자함.
17) 일본 왕실의 특별법.

# 군대 없이 소박하게

전쟁에 패하여 쳐다보는 하늘의 별에 소망하건대 군
대 없이 소박하게 평화스런 나라를

젊은 세대 전쟁 알리지 않은 채 낡은 세대 대부분은
반세기를 낡은 사상으로

# 왜 말하지 않나

납치 규탄은 당연하지만 20만명 '위안부'의 납치 속죄
없는 이 나라

왜 말하지 않나 '위안부'의 납치 이 나라가 지은 죄
얼마나 많은가를

자국의 '위안부' 납치에 함구하면서 북한에 대한 매도
는 끊임없구나

아무리 우리가 사죄해도 모자라는 한반도 전역에 지
은 죄업

# 일본주 (日本州) 되면

전쟁을 저지 않고 전후 부흥론 유치하네 겁나는 이권 쟁탈[18]

미국의 '일본주' 되면 이지스 함대도 출항하네 후방지원이란 무엇인가

"무법의 정권을 용서 못해"라고 하는 부시와 고이즈미, 무법이 아니던가

침략을 꾸며놓고 침략 당한 경우라고만 주장하구나

---

18) 중동의 석유자원을 두고 전후 부흥론이란 미명하에 이권쟁탈을
하는 선진국을 풍자.

# 대학 법인화

사각목을 휘둘렀던 젊은이들도 권력에 압도되어 '산학
협동'

인간이 어떻게 살 것인가가 아니라 어떻게 돈 벌 것
인가 '대학 법인화'

큰 착오(2004~2005)

## 호헌의 당 패배


　　분위기 조장에 2대 정당 승리하니 참패한 싸움에 또
다시인가 민중이여


　　우뚝 솟은 호헌·비무장 관철하려고 이 탁한 세상의
역사를 부숴라

# 큰 착오
## -이라크 파병(2004. 3)

전쟁에의 동원 알리지 않는 매스컴에 분노 있으니 유
사법 가볍게도 성립되네


재계의 조장이라 들었네 2대 정당 호헌·창헌 '전쟁
가능한 나라'


이라크 파병에서 죽은 자의 제사 위한 서곡이런가 수
상[19]의 설날 원단의 야스구니 참배


"무사히 임무를 마치고"라는 것은 "죽이고 죽는 것"을
본질로 함이 아니리라


무표정으로 타이르듯이 뻔뻔스럽게도 파병을 말하는
사람[20] 지옥의 사자인가


관동군 일찌감치 도망가고 오키나와에서 토굴속 현지
주민을 쫓아낸 것도 군대[21]

---

19) 고이즈미 수상.
20) 이시바(石破) 당시 관방장관을 말함.
21) 중국 동북지방에 설치된 관동군은 1945년 8월 9일에 소련군이
    아시아 태평양 전쟁에 참전하자 일찌감치 도망을 갔다. 이 때문
    에 일본에서 이주한 농민들 다수가 희생이 되었다.

# 큰 착오

―이라크 파병(2004. 3)


2천만 학살의 죄 짊어진 일장기를 모자에도 등에도
꽂은 병사들 자랑스러울까?


깃발 흔들며 병사 보내며 눈물 흘리는 큰 착오를 또
반복하는가


무사히 돌아오라고 노란 손수건 넘쳐나 파병 반대의
소리는 감추어지네


노래하고 춤추고 조장된 환호성의 스포츠에 전쟁을
향한 예감 깨닫는 일 없구나


죽은 아이 끌어안고 통곡하는 어머니 아프칸에 이라
크에 지금도 있는 게르니카의 참혹

# 죄인처럼
## - 3명의 귀국

세 명의 생명 차갑게 버림받아 자위대 철수 하지 않
는다 단언하네[22]


군 철수를 바라는 가족의 소리 묻히고 그들 돌아오니
분노 소리 포함한 일본 사회의 비정함만 기다렸네


죽어도 좋을 정도의 인간과 비방 중상 흘리는 파병을
정당화 하려는 속셈


좋은 일을 한 증거구나 이라크 소년 "나오코 대신에
인질이 될거야"[23]


전단을 나눠주며 메일을 계속 보내고 서명을 모으는
뜨거운 마음으로 무사히 귀국을

---

22) 2004년 4월에 이라크에서 자원봉사를 하던 일본인 3명이 납치당
했으나 일본 정부는 납치범들이 요구한 자위대 철수를 거부. 나
중에 시민단체 등이 노력하여 3명은 무사히 돌아왔으나, 일본에
서는 이들 3명 때문에 세금이 사용되었으니 갚아야 한다느니, 그
대로 죽게 내버려 둬야 한다는 등의 매도가 심하였다.
23) 이라크에서 인질이 된 사람들 중의 한 명인 나오코의 납치를 안
타까워한 현지 소년의 목소리.

# '9조의 모임' 오사카 강연[24]


세계에 자랑하는 '헌법 9조' 버리고 전쟁 찬미하는 전
쟁전 회귀인가

전쟁을 조장한 매스컴의 무거운 죄 지금 '9조 모임'
발족도 알리지 않으니

커티스 루메이 무차별 폭격의 앞에는 중칭(重慶)·난
징(南京)에 일본 폭격이 있었으니[25]

핵만이 아니라 모든 무기의 봉인을 사와지 히사에(沢
地久枝)는 말하네 '9조의 모임'에서

전쟁의 탁류 어떻게 막을까 '9조의 모임' 불 난 벌판
의 불이 되어라

---

24) 2004년 9월, 일본의 헌법 9조를 비판하는 '9조의 모임'에 의한
오사카 강연.
25) 오다 마코토(小田実).

# 반전의 의지와 폭력에 항거

지팡이 짚고 팔 부축 받으며 오카베이즈코(岡部 伊都
子), 그것도 우뚝 서서 반전의 의지를 논하네

병들면 듣네 그 뒤는 어둡다고 '헨미 요(辺見庸)' 살
아서 폭력에 저항하는 그 말 듣고 싶구나[26]

---

26) 일본의 시사 논객인 헨미 요(辺見庸)의 중병설을 듣고.

# '새역사 교과서 모임' 교과서

승문시대[27]도 야요이(弥生)시대도 모르면서 하늘에서 내려온 신을 사실처럼 가르치네

신무황제 설화, 소화천황 예찬기, 세계에 관을 쓰는 황통연면(皇統連綿)[28]인가

'전쟁하는 우리들 소국민' 또 다시 학살인가, '위안부' 우리들 몰랐건만

'기미가요'를 부르는 목소리 크기를 측정한다네 경쟁하다 우리들 목이 쉬어 소리조차 나오지 않네

금계화 피는 계절 되었네 교과서 재판 함께 싸운 친구도 떠난 지 10년

교과서에 진실을! 외치며 싸워왔건만 지금 '신무천황' 게재되고 '위안부' 삭제되어 가네

---

27) 일본의 고대 죠몬(縄文) 시대.
28) 황실의 계통을 이어나감.

# 전쟁 전야

한 사람을 죽이면 살인 대량 살인은 훈장 전쟁과 도덕

'국민 보호법' 국권 보호에 없는가 전쟁 이용의 시설 규정되어

전범도 낡은 사상도 눌러 앉은 채 평화 붕괴되어 지금 전쟁 전야

# 친구 떠나가네

조용히 슬픔 받아 주어 친구 되어서 반세기 시 짓던
오랜 인연이여

전쟁의 불안 과거에 없던 불황 등 죽기 전 6일 마지
막의 전화

말은 없었으나 우리들 사이에 벗의 존재 조용히 무겁
게 있었음을

# 9조가 무엇입니까?


  1억 총참회 무엇을 참회했는지 아시아에 가해 사실
누락된 참회


  "9조가 무엇입니까?" 신문사 안내하는 아가씨가 말하
네 두려울 정도의 황폐함이여


  적국을 만들어 전쟁 일으키는 공격은 언제나 우리들
로부터의 역사

# '겨울 연가'를 생각하네[29]

새벽녘의 산뜻하고 아름다운 나라를 우리들은 '쵸-센'
이라 멸칭하였으니

납치된 '위안부'  연행된 장정들도 '죄없는 시민'이여
그 인식을 묻노라

전후 알았네 강점의 역사 후회의 눈물 겹치며 보는
'겨울 연가'

'한류'라고 뜨거운 민중도 알라 일본의 무참했던 한반
도 지배를

'겨울 연가'에 이웃나라 침략한 죄 생각하네 '위안부'
납치·장정의 연행

'겨울 연가' 군가 등을 넣지 않았으니 조용하고 그윽
하게 아름다운 악장

---

29) 2005년 2월 '겨울 연가'를 생각하며.

# '소화의 날' 제정

　'히로 · 히틀러'[30]와 공포의 대학살을 논하지 않고 축
하하라 하는가 '소화의 날'


　"일장기·일본국가 기미가요는 자유로이" 임금님께서
현명한 말씀을 하시다니 이상하여라


　패스포트에 '국화 문장'[31] 새겨져 전후도 계속되는
'천황의 나라'

---

30) 2차 대전 때의 일본 천황 히로히토와 독일의 독재자 히틀러를
　　합쳐서 말함.
31) 천황가의 상징.

# '여성국제전범 법정'[32)]

　'위안부'도 가해병사의 증언도 사라져 법정의 사실은
아무것도 모르네

　권력과의 유착 확실하네 NHK 공손하게도 보도하는
아베 나카가와의 궤변

　천황의 전쟁 책임과 '위안부'는 권력의 금구(禁句), 정
의가 없음은 전후(戰後)에도

---

32) NHK 보도를 보며.

# 참혹한 역사

‘병합(併合)’이라 속인 표현, 강점(强占)의 무참한 역사
와 한을 숨기며

남북을 전화(戰禍) 속에 도망치려 우왕좌왕 2백만의
죽음이 한국전쟁에서

납치 피해자[33]의 고난은 보도되어도 ‘위안부’의 한(恨)
에는 함구를 하네

---

33) 북한에 납치된 일본인.

# 왕가는 조용히

천황을 '원수(元首)'로 하자는 소리 어둡게 울리고 선
도하는 야타가라스[34] 국회에 몰려

황실 전범 그대로 그대로 왕가 조용히 사라지는게 좋
으련만

몸을 웅크리고 전쟁 유적지 위령의 왕가 있으니 자신
들의 위선 아는지 모르는지[35]

---

34) 일본 신화에 나오는 상상의 새.
35) 2005년 6월, 일본 천황 부부가 사이판 섬을 방문한 것을 풍자.

# 가해를 말하지 않고

지도한 자도 총 쏜 병사도 공범이어라 학살 2천만의
[야스구니의 신(영혼)]


깃발 흔들지 않는 사람도 있어야지 천황교에 강요 당
해 몸을 날린 반자이 크리프[36]


전쟁 체험 말하라 할 수 있을까? 교육칙어[37] 천황 위
한 죽음을 최고라고 하고선


전쟁 피해 강조해도 60년 가해 말하지 않고 반성도
없네

---

36) 만세 절벽이라 함. 패전 당시 일본군은 일본인 민간인들에게 일
   본인답게 죽어라고 강요함으로써 수많은 이들이 사이판의 절벽에
   서 뛰어내려 죽었다.
37) 1887년에 천황을 대권으로 모시고 천황을 위한 절대 신민교육이
   행해져 전쟁 동안 황국사관을 강압적으로 교육시킨 국가 규범.

# 반일 데모

　대학살의 역사 사실 기술하지 않으니 반일 데모에 반
감만이 조장되누나


　반일 데모 돌조각과 페트병의 쓰레기 산만 보도하네
시체 몇 천만의 가해를 말하라


　만명의 갱구에 만명의 죽음 수 십군데 동양귀(東洋
鬼)38)의 잔학함이여 무순(撫順)의 탄광


　한 마을 사람들 3,000명 전부를 불러내어 학살한 평정
산(平頂山) 사건39)


　산 채로 해부 당해 731부대는 죽였네 마루타 3천명40)

---

38) 일본군은 중국 요녕성의 탄광에서 아주 잔혹하게 광부들을 혹사
　　했으며, 1917년 1월 11일에는 탄광 밀폐로 인해 광부 916명이
　　사망함. 수많은 갱구내에서 희생자가 속출한 사건임. 이런런 잔
　　학한 행위를 부끄러워하지 않는 일본인에 대해 중국인들이 불렀
　　던 호칭이 '동양귀'임.
39) 주국을 승인하는 '일만의정서'가 조인된 1932년 9월 15일 밤, 항
　　일 게릴라 부대가 남만주철도경영의 무순 탄광을 습격하자, 다음
　　날 관동군은 습격사건과 관던이 있다고 하여 평정산(하남성 중
　　부)의 주민 3,000여명을 학살하였다.
40) 일본의 731부대(부대장은 이시이 시로)는 페스트나 콜레라에 의
　　한 세균병기 개발을 위해 생체(인체)실험을 행하려고 중국인이나
　　소련인 포로를 마루타(통나무)로 칭하여 연행해서 시험한 뒤에

# 파란 양귀비

데오도라키스[41]의 '어느 5월의 아침에' 노래 부르며
민중들은 군정을 무너뜨렸으니

몸을 젖히고 외치는 피카소의 '우는 여인', 가슴에 죽
은 아이를 끌어안고서

---

살해한 잔인무도한 사건. 중국 전선에서는 실제로 세균전을 행하
여 많은 희생자를 내었다.
41) 미키스 데오도라키스. 그는 그리이스의 20세기 최대의 음악가,
사회운동가로도 활약함.

## 황제 제도의 존재


천황제 남기는 근거를 말해보라 무슨 좋은 일을 민중
에게 해 왔나

스포츠에 복지에 총재 직함 얻어서 '공무'라고 말하네
자동차 줄을 이어

천황 모습의 인형, 무술도구 장식하는 5월,[42] 천황가
와 군국주의 살아서 계속되네

남자 적통이냐 여제후냐의 논란, 천황제 폐지 말할 수
없는 전후 민주주의

한 명의 남자아이 출생을 과장하네 기아에 병든 전쟁
터의 아이들은


---

[42] 일본에서는 3월에 천황가 인형 등을 장식하여 여자아이의 성장
을 축하하는 의식과 5월에 갑옷 투구 등을 장식하며 고이노보리
라는 숭어 모습의 깃발을 세워서 남자아이의 성장을 축하하는
아이들의 의식이 있다.

# 푸치니 오페라곡 투란도트(Turandot)는 흐르고

투란도트 곡은 흐르고 아라가와 시즈카[43] 우아하고 품위 있게 빙상위에 춤추네

깃발도 노래도 무관하게 연기를 즐겼을 뿐이라는 아라가와의 말 상쾌하기도 해라

퍼레이드에 금메달에 인간을 왜곡시키지 말라 마음을 잃게 하지 말라고 생각하네

---

43) 2006년도 토리노 동계올림픽 여자 피겨에서 금메달을 수상함.

# 하메룬의 피리 부는 사나이

전쟁에 다시 동원시키려나 하메룬의 피리 부는 사나
이44) '야스쿠니 신사'에 가네

고베공항 적자 예상의 개항은 군사용 시설인가 유사
법은 이미 성립되니

국정의 구석구석까지도 용해시켜 일본은 미국의 식민
지임을 알게 되네

광폭한 귀무덤(耳塚) 만든 민중의 후예 지금 광폭해지
는 미국의 용병

평소의 살인은 논하면서 야스쿠니 유취관에 침략은
'성전' 학살은 '충용(忠勇)'

---

44) 고이즈미 전 수상을 말함.

# 서울 멀리서


눈 소복히 쌓인 동백 서울 멀리서 "그립습니다"라고 말하네


"여보세요" 서울에서 걸려온 목소리 부드러운 그대 나라 침략한 역사 짊어진 우리들


'만세'하며 광복절 축하하는 조국에도 돌아갈 수 없는 '위안부' 버리고 경멸했으니


하얀 목련 오욕당한 것처럼 떨어져 깔리네 전후에도 보상 않으니 '위안부'의 한


'그대처럼 그대의 이웃을' 생각컨대 납치 당해 버림받은 소녀들의 비명


눈속임의 '국민연금' 보상처럼 해놓고 책임지지 않는 나라 일본


말로만의 사죄 국가는 책임지지 않고 '위안부' 피해자 몇 번이나 죽이구나

# 칼과 힘

체제에 푹 빠져 침묵하는 반동이 되어가는 전공투 세대[45]


옛날에는 '단련' 지금은 '동아리', 전쟁에 견뎌나갈 몸을 만듭시다


아니 이런 세상에 대하 드라마는 무사들만 칼과 힘을 자랑함을 금치 못하네

---

45) 전공투운동(全共鬪運動). '전공투'란 일본전대학공동투쟁회의의 약자. 1960년대의 학생운동 세대.

# 소화천황 '야스쿠니 메모'[46]


　홀연히 나왔네 '야스쿠니 메모' 압력은 대중 교섭의 재계 주변인가


　'A급 전범 합사는 불쾌'하다네 자신의 전쟁 범죄는 모르는 얼굴로


　'대본영 발표'처럼 '야스쿠니 메모' 천황의 전쟁 범죄 감추네


　"안보 위해 기지 둬서 일본의 안전을"이라고 알랑거리는 처세술로 나라를 팔았으니


　공명(孔明)이 못 되고 죽은 천황의 '불쾌감'이 정치 움직이는 기괴한 나라


---

46) 2006년 7월 20일에 궁내청 장관이었던 도미타의 메모가 발견되었는데, 1975년 이후 천황이 야스쿠니 참배를 그만 둔 것은 A급 전범 합사에 불쾌감을 드러내었기 때문이라는 내용이 나왔다.

# A급 전범이 된 토죠(東条) 문제

"토죠의 임금에게 은밀히 상고하는 버릇(內奏癖)"으로
불렸으니 전황에게 충절의 신하가 되었네

"윗어른 한 분(천황)의 명령을 거절할 수는 없으니"라
던 토죠의 말에 당시의 기도(木戸)내각 대신이 허둥지
둥47)

신경질적인 높은 목소리에 전쟁 조장한 토죠를 혐오
하네 하지만 재가(裁可)하는 자는 누구인가

---

47) 천황이 명령한 전쟁이라면 GHQ에서는 천황을 전범 처리해야 하
   는 상황이 오기에.

# 야스쿠니 문제

"전쟁 신사에 잡혀서 이용당하고 싶지 않다." 두 사람
의 형을 전사시킨 친구


천황 위해 사람 죽이고 죽임을 당한 것을 명예로운
영령이라 승화시키네


'위안부' 이끌고 학살 당한 병사도 천황 위해 죽었으
니 '야스쿠니의 신'


침략의 지휘 맡은 자와 학살 병사를 칭송하며 '부전의
맹세'라니[48]

---

48) 고이즈미 전 수상을 풍자.

# 위헌 3중주

소화천황 자위대를 독려하여 말썽이 되니 장관이 사
임하구나[49]


평성(平成)천황 파견대원을 격려하여 조용하니 장관은
'대신'으로 승격하였네[50]


자위대는 위헌, 파견은 더더욱 위헌, 천황 수고하여
위헌 3중주

---

49) 천황이 했던 구일본군의 강화에 대한 발언이 당시의 마스바라
   방위청 장관 입에서 새는 바람에 천황은 일본 국정에 관여하지
   않는다는 헌법 위반으로 장관이 대신 책임을 지고 사임함.
50) 당시 방위청이 방위성으로 승격됨.

# 펼쳐라! 9조의 정신[51]


스크린에서 땀 닦고 호흡이 좀 힘들면서도 쓰러질 때
까지의 결의를 보네[52]


"권력을 속박하고 국민을 지키는 것"[53]이라고 헌법을
말하네 속 시원하게


전쟁에 가담한 우리들 죄업 있으니 싸우지 않는 의지
'평화헌법 9조'는 묵중하구나


젊은이들에게 부탁하는 바람, '9조의 모임' 피날레의
악곡에 박자 맞추며


---

51) 고베에서 있었던 '9조의 모임'의 집회.
52) 사와이케 히사에 씨.
53) 이토(伊東真)의 발언.

# 역자의 뒷이야기

이수경(李修京)

이 시집은 일본에서 이미 출판한 단가(短歌) 시집 3권 속에서 한국과 관련되거나 한국적 정서로 이해할 수 있는 내용을 발췌하여 한 권으로 엮은 것이다. 1집의 『風は炎えつつ(바람은 불타고)』(2004), 제2집의 『風韻にまぎれず(풍운에 흔들리지 않고)』(2007, 梨の木舍), 제3집의 『風の音楽(바람의 음악)』(2007, 梨の木舍) 속에서 일본 시집 편자인 스즈키 유코(鈴木裕子) 선생께서 선별하여 역자에게 보낸 시를 번역한 것이다.

역자는 처음에 뒷이야기를 적지 않을 생각이었다. 그런데 독자 여러분의 이해를 위해서 이 한 권의 시집이 나오기까지의 우여곡절과 역자의 번역 에피소드도 필요할지 모르겠다는 생각에 '번역 뒷이야기'를 붙여 두고자 한다.

2008년 8월 말경에 미야마 선생님의 작품집에 대한 번역 이야기를 일본의 대표적인 여성사학자이신 스즈키 유코 선생님으로부터 듣고, 8월 31일에 한국과 인연이 많은 작가 나카니시 이노스케 사후 50주년 기조강연 차 교토를 간 김에, 마침 고베에 계신 미야마 선생님을 저녁 늦게 찾아뵈었다. 교토 강연 후 서둘러서 고베로 향한 역자가 산노미야 역에서 택시로 30분 정도 들어갔을 때는 이미 밤 10

시 30분이 넘고 있었다. 역에서 전화를 드린 탓에 미야마 선생님께서 먼저 대문 밖에 나와서 기다리고 계셨다. 왠지 낯설지 않은 모습에 피곤을 풀며 간단히 인사를 드리자, 팔순이 넘으셨는데도 한 치의 흐트러짐도 없이 단정하게 인사를 받으신 후, 이야기보따리를 청산유수와 같이 풀어내기 시작하셨다. 어느새 우리는 하나의 화제로 마음을 같이하며 맞장구를 치거나 배를 움켜쥐고 웃고 있었다. 다음 날 오전 신칸센을 타고 도쿄로 와야 했던 나의 한정된 시간이 아까워서 그러기도 했지만, 두 사람 모두 거의 꼼짝을 않고, 마치 사랑에 빠진 연인이 시간을 아쉬워하듯, 이야기 재미에 빠져서 동이 훤하게 트고 아침이 우리를 갈라놓을 때까지 시간 가는 줄을 몰랐다.

며칠 동안 철야로 학교 일을 처리하고 논문 3편을 탈고한 뒤 거의 기진상태로 교토행을 한 탓도 있지만, 철야를 하다시피 화제를 나눴던 터라 역자도 피곤이 누적된 상태에 있었다. 그러니 아무리 꼿꼿하신 분이라도 팔순을 훨씬 넘기신 미야마 선생님께서 혹시라도 내가 간 뒤에 쓰러지시기나 하면 어쩌나 하는 생각이 들었던 것도 사실이다.

미야마 선생님과 밤새워 나눈 이야기들 속에는 역자가 그동안 가져왔던 일본 정부와 일본 사회에 대한 생각과 느낌 등에서 공감하는 부분이 매우 많았다. 그리고 자그마한 체구로 험한 전쟁과 지진 등 현대사의 숱한 굴곡을 몸소 겪으신 선생님께서 일본 사회의 부조리와 모순에 대한 염려와 우려, 그리고 그에 대한 저항을 단가로 읊어 오신 것을 재확인할 수 있었다. 그래서 어떻게든 이분이 생존해 계실 때 그녀의 한일 사회에 대한 애정 어린 메시지를 좋은 형태

로 빨리 만들어 한국 독자들에게도 전해야 하겠다는 생각
이 강하게 들었다.

역자는 당시 한국의 유일한 단가 시인이었던 고 손호연
씨에 관한 책들을 출판한 지 얼마 되지 않은 상태였다. 그
리고 이와 관련하여 몇 군데서 의뢰 받은 신문기사를 통해
단가 문화에 대해 한국에 소개했던 터라 단가라는 장르를
의외로 가깝게 느끼고 있었다. 한국에는 시조가 전통적인
장르로 면면히 계승되고 있으나 일본의 단가와 같은 장르
는 현재 없다. 그러나 5·7조의 31자로 엮는 짧은 정형시인
단가는 와카(和歌)라고도 불리는데, 이 단가의 흐름은 고대
백제문화에서 건너간 한국의 문화적 유산임을 잊어서는
안 된다. 찬란한 백제문화의 얼이 이미 동아시아의 문화로
정착되어 있는 것이다.

동양사를 전공한 역자는 단가의 원초적인 고전인 일본
만엽집을 중심으로 한 고대사부터 근대사까지 대학에서
강의한 적이 있고, 현재는 국제인권교육론을 담당하면서
한일 시사문제를 강의하는 입장이기에, 미야마 선생님의
단가를 읽으면서 시대를 초월하여 역사와 사회문제를 형
상화하고 있는 점에 대해 참으로 많은 공감을 할 수 있었
다. 그리고 역자 자신이 오랜 기간을 일본에서 지내면서 느
끼고 겪어온 사회적 문제나 생활에 대해서 미야마 선생님
께서는 다양한 문장의 형태로 표현해 놓으셨기에 사실 번
역 작업을 하면서 매우 신선한 느낌으로 문제의식을 재확
인할 수 있었다. 게다가 미야마 선생님께서는 한국의 종군
위안부 문제 등을 동시대에 살아온 자신의 일과 동일시하
며 한국에 대한 애정과 그녀들의 삶에 대한 연민과 책임의

식으로 단가를 만드셨고, 결국 그 작품들은 한일 관계를 중시하는 평화주의자로서의 미야마 선생님의 삶으로부터 파생된 것임을 잘 알 수 있었다.

미야마 선생님의 단가를 읽고 이런 마음이 들자 시급히 번역 일을 착수해야겠다는 생각으로 가득 찼다. 그렇지만 2008년은 보직을 몇 가지 맡는 바람에 예년보다 학내외에서 일이 몇 배로 많은 상황에서 어떻게든 번역할 시간을 확보하는 일이 우선적인 과제였다. 때마침 영국 옥스포드대학에서 개최되는 국제심포지엄에 불려가는 절호의 찬스가 생겨서 나는 학교의 여러 회의나 학무를 피할 수 있게 되었다. 일단 학교 생협매점에 부탁해서 가장 튼튼한 노트북과 영국 전원용 소켓 등을 준비해 달라고 했다. 그리고 번역 스타트 지점을 영국의 히슬로 공항으로 떠나는 순간부터라고 정한 뒤, 나리타에서 히슬로까지의 11시간을 거의 쉬지 않고 제1집을 번역하기 시작했다. 고전적인 사항과 연관된 작품이나 단가의 압축적이고 암시적인 표현 때문에 번역상 어려움이 따르는 작품은 뒤로 미루고 한정된 시간에 할 수 있는 작품들만 번역하였다. 그리고 옥스포드대학의 키블컬리지에서 숙박을 하면서 회합이 끝난 뒤에도 홍차 몇 잔을 연달아 비우면서 거의 철야작업으로 번역을 하였다. 그런데 미리 준비해 간 소켓이 옥스포드대학 내 게스트하우스의 내실 전원에는 꼽히지 않았다. 궁하면 통한다고 했던가요? 다행히 화장실의 남자 면도용 전원에는 소켓을 꽂을 수 있었는데, 컴퓨터의 배터리를 충전하기 위해 전원 밑에 목욕용 수건과 모포를 말아서 컴퓨터가 떨어지지 않도록 받쳐서 충전하는 진풍경이 벌어졌다.

9월의 약간 싸늘한 새벽 안개 속에서 캠퍼스의 아침을 맞으며 번역을 중단하고선 어디선가 나올듯한 셜록 홈즈와의 만남을 상상하면서 심포지움 대회장으로 향했다. 옥스포드대학에서의 시간을 그렇게 끝낸 뒤, 캠브릿지대학에서의 미팅을 위해 3시간 동안 이동하는 버스에서 제2집의 번역을 시작했다. 운전사 뒷자리에 앉았더니 한 동양 여자가 미친 듯이 번역을 하는 모습이 의아했는지 그 운전사가 계속 나를 쳐다보며 차를 운행했다. 미야마 선생님의 시니컬한 단가 내용에 혼자 웃음을 지어가며 번역을 하는 모습이 이상하게도 보였을 것이다. 간간히 스쳐 지나가는 넓은 초원 위에서 소나 말들이 참으로 자유롭게 뛰어 노는 모습이 눈이 들어왔는데, 그것이 나의 영국 여행에서 깊은 인상으로 남았다.

캠브릿지대학의 트리니티컬리지 게스트룸에서도 피로가 겹쳐 있음에도 또 서너 시간을 쉬지 않고 번역을 했다. 아름다운 종소리가 은은하게 새벽을 알리기에 잠을 청하려 할 때 미지근한 액체가 내 입술 위로 흘렀다. 코피였다. 혹시 몸살로 옴짝달싹을 하지 못할까봐 걱정이 되어 그날 하루는 번역 작업을 쉬었다. 푸른 잔디밭이 펼쳐진 건물 사이로 여명이 밝아왔다.

히슬로에서 도쿄로 오는 비행기 속에서 마침 같이 심포지움에 참석했던 도쿄여자미술대학의 시마무라 테루(島村輝) 교수가 옆에 앉았기에, 그동안 번역하기 힘들었던 부분에 대해 역사와 문학, 그리고 정치 방면에 박식한 그의 머리를 빌리기 위해 집요하게 물어보았다. 이렇게 해서 번역을 끝내고 보니, 다시 시마무라 교수와 와세다대학 대학원에 다니는 그의 아들 켄에게 감사를 표하고 싶다.

영국에서 돌아와서 밀린 일들을 정리한 다음, 나는 또 쉬지도 못 한 채 한국 출장을 가게 되었다. 당일로 서울을 거쳐 부산을 가면서 대학원 연구생 지망자와 KTX안에서 간단히 인사를 나누고는, 부산에 도착한 즉시 역 근처에서 일본문화 관련 생존자들을 만나 인터뷰를 한 뒤, 다시 서울행 KTX에 몸을 싣고 제3집의 시 번역을 시작했다. 일본 쵸세이 탄광 생존자 김경봉 선생님과 그 가족들이 나를 만나기 위해 내가 머문 호텔로 오셔서 간단히 차를 마시며 이야기를 나눈 뒤, 호텔에서 다음 날 출발 직전까지 3집 번역에 매달렸다. 도쿄로 와서는 결국 피로를 이기지 못하고 이틀 정도 앓고 말았다. 그후 학교 일을 하는 틈틈이 번역을 계속하여 드디어 마무리를 지어서 새벽 4시 경에 스즈키 선생님께 원고를 보냈다.

그런데 번역 일이 끝나니 가장 큰 일이 남아 있었다. 짧은 기간 안에 번역한 문장을 한국어로 좀 더 자연스럽고 매끄럽게 교열을 하면서 전체 원고를 감수를 하고, 또한 한국에서 시집을 출판하기 위해 출판사를 주선하는 등 다리 역할을 해주실 분이 필요했다. 여러 저명한 분들이 나의 뇌리를 스쳐갔지만, 과거 공동으로 연구과제를 하면서 연구과제를 잘 마무리하는 한편 일을 깔끔하게 처리하셨던 부산외국어대학교의 박경수 교수를 적임자로 떠올렸다. 이분은 오랫동안 식민지시대 재일 한국인의 시문학에 관해서도 많은 연구를 해오셨고, 또한 현대시를 전공한 분이시기에 시집의 한국어 교열을 믿고 맡길 수 있다고 판단했다.

그런데 바쁜 사람들이 일이 더 많다고 하는 것은 익히 잘

아는 터. 비록 바쁜 상황일테지만, 이 단가집의 한국어 번역과 발간 취지를 말씀드리면 일을 맡아 주실 것으로 기대하고 연락을 했다. 처음에는 일본어 해독 능력이 부족한 점을 들어 고사하시고자 했으나, 나의 밀어붙이기식 청을 거절하지 못하시고 결국 부족하지만 나름대로 해보겠노라고 하시면서 수락하셨다. 그 대답이 있은 지 얼마 되지 않아서 출판사가 정해졌다는 메일이 왔다.

역자의 이 번역 시집에 대한 애착은 특별한 의미를 지니고 있다. 그것은 미야마 선생님과 삶에 대해 많은 대화를 나누면서, 앞으로 살아간다는 것에 대한 의미를 다시금 깨닫게 해주신 그분의 메시지가 이 시집에 들어 있기 때문이다.

어느 해보다도 힘들었던 2008년을 미래지향적이고 진취적으로 보내도록 격려해 주신 미야마 선생님, 그 만남을 만들어 주시고 내 삶을 항상 따스하게 격려해 주시는 스즈키 유코 선생님, 그리고 시집의 최종 마무리를 맡아주신 박경수 선생님께 역자는 깊은 감사를 드리는 바이다.

2008년을 보내며

# 평화와 역사적 진실을 위한 양심의 고언(苦言)

박경수(朴庚守)

미야마의 시를 읽기 전에 그녀에 대한 간략한 소개를 받았다. 시집의 주인공이 팔순을 넘기신 일본인 여성이라는 것, 그동안 단가(短歌) 시집을 세 권 내셨다는 것, 그리고 무엇보다 중요한 사실은 그녀가 굳이 한국에서 시집을 내시겠다고 생각한 데에는 특별한 사정이 있다는 것이었다. 자신의 시를 통해 일본인뿐만 아니라 한국인들에게도 특별히 전하고 싶은 메시지가 있는데, 그것은 이른바 정신대 여성들에 관한 것이라는 정도였다. 비록 제한된 정보였지만 좀 특별한 분의 시집이구나라는 생각이 들기는 했다. 그렇지만 이국 여성으로서 정신대 여성들에 관하여 안타까운 심정이나 연민의 감정을 읊은 시들이 시집에 다수 포함된 정도이겠거니 하는 생각에서 별로 벗어나지 못했다.

그런데 막상 그녀의 시를, 비록 번역된 상태로이지만, 한 편씩 읽어가면서 필자는 그녀의 시에 묘하게 흡입되면서 상당한 충격으로 감정의 파문을 느끼고 있음을 알게 되었다. 그것은 이국 여성의 시가 필자를 서정적 감동의 세계로 이끌었기 때문이 아니며, 1행시의 독특한 구성이 갖는 단가 자체의 매력에 필자가 빠졌기 때문도 아니다. 미야마의

시가 필자뿐만 아니라 일본과 한국의 독자들에게 호소력
을 가지는 데에는 서정성도 시적 압축의 구성도 아닌 중요
한 매력적 요소를 달리 지니고 있었기 때문이다.

미야마의 시가 갖는 제1의 매력이자 덕목은 정직한 지성
을 담은 양심의 목소리를 우리에게 들려준다는 점이다. 말
하자면 그녀의 시는 정직하고 양심적이다. 이런 점에서 그
녀의 시는 이성적 윤리와 도덕성에 호소하는 메시지를 가
지며, 서정적이기보다는 교술적(didactic)인 성격을 강하게
지닌다. 그렇다고 너절하게 관념적 언사를 늘어놓은 시가
아니라, 1행으로 짜이는 단가의 특성을 살려 압축적인 언
술로 다 말하지 않으면서도 말하고 싶은 심정과 메시지를
담아내는 시적 효과를 거두고자 했다.

문제는 그녀의 정직성과 양심의 목소리가 향하는 대상
이 무엇인가이며, 그것이 기본적으로 어떠한 세계관의 기
초 위에서 형성된 것인가이다. 물론 시적 주체의 세계관과
시적 대상은 서로 긴밀하게 연결되어 있다. 우선 다음 몇
작품들을 보자.


① 기도한들 구세주 없는 세상이여, 살육을 목적으로 핵
무기 만들어지니

-「원자폭탄, 용서하지 못하리」 중에서


② 재무장 떠드는 기사 있어서 내 아들 끌어안고 눈동자
쳐다 보네

-「한국전쟁」 중에서

③ 전쟁의 비참은 말하며 침략한 의식은 없는 민족인 것
같구나

-「침략자」 중에서

이상의 시편은 모두 반전의식을 강하게 표명하고 있다.
①에서 살육을 목적으로 한 핵무기의 개발이 "구세주 없는
세상"으로 나아갈 수밖에 없다고 하여, 전쟁에 대한 종말
론적 절망감을 내보이고 있으며, ②에서는 재무장의 기사
를 보는 '나'와 아들을 끌어안고 그 '눈동자'를 쳐다보는
'나'의 이중적 시선을 통해 재무장이 몰고 올 불행을 예감
하고 있다. 그리고 ③은 전쟁의 비참함을 말하면서도 침략
전쟁의 과거를 몰각하고 있는 일본의 이중적 태도를 통해
전쟁 책임에 대한 자아성찰과 반성을 보여주고 있다. 이처
럼 미야마의 시는 도처에 강한 반전의식을 바탕에 깔면서
반인륜적 전쟁의 잔인함과 끔찍함을 고발하고, 군비 확충
이나 재무장 등 전쟁을 야기하거나 부추기는 어떠한 군사
적 행동이나 조치에도 강력한 반대의 의사를 표명하고 있
다.

미야마의 반전주의는 당연히 그녀가 평화주의자이고 인
권주의자이기 때문에 가지는 태도이며 세계관이다. 그녀
는 "영혼의 깊은 곳에 다가가 평화를 바라는 카잘스의 '새
의 노래' 정갈하고 조용하게"(「카잘스의 '새의 노래'」 중
에서) 듣기를 희망한다. 그리고 "하늘의 별에 소망하건대
군대 없이 소박하게"(「군대 없이 소박하게」 중에서) 평화
스럽게 살고자 한다. 여기서 전쟁이 없는 세상을 꿈꾸는 그
녀의 영혼이 얼마나 순수하고 또는 소박한지 충분히 짐작

할 수 있다.

그런데 평화를 염원하는 순수한 영혼의 시인, 미야마의 시정신은 결코 세상을 조용하게 또는 아름답게 노래하지 못한다. 세상은 그의 영혼이 꿈꾸는 세상과는 너무나 딴 판으로만 나아가기만 하고, 심지어는 그런 세상을 '평화'라는 이름으로 조장하고 획책했던 세력들이 세상의 변하지 않는 권력으로 군림하고 있다. 그들은 세상의 평화와 인권을 짓밟은 가해자들이고 장본인들임에도 불구하고, 그들은 자신들의 과거를 반성하기는커녕 오히려 그들의 행위를 왜곡하고 숨기려고 한다는 것이 미야마 시인이 본 역사이고 현실인 것이다. 그러면 시인은 이렇게 거짓되고 타락된 역사와 현실에 대해 어떻게 할 것인가? 절망적 역사 현실 앞에서 실망과 좌절의 비가(悲歌)를 지을 것인가? 아니면 조용히 침묵한 채 순수한 영혼의 세계를 아름답다고 노래할 것인가? 그녀가 선택한 세상살이와 이 세상살이를 반영한 시의 길은 좌절과 침묵이 아니라 정면으로 세상과 마주하며 당당하게 세상의 거짓과 위선을 질타하고 비판하는 길이었다. 그녀의 시가 정직성과 양심에 호소하는 까닭이 여기에 있다.

미야마의 시는 정직성과 양심에 기초한 만큼, 세상의 거짓과 위선, 그리고 타락을 질타하는 시의 목소리는 표적이 되는 대상을 우회하거나 비켜가지 않는다. 직접적으로 대상을 겨냥하여 활의 시위를 당기듯, 그녀의 시의 목소리는 당차고 적실하게 대상을 향하며 그 대상의 심부로부터 진심어린 반성을 촉구하는 호소력을 갖는다. 그리고 그 대상은 직접적이면서도 폭넓게 설정된다. 전쟁의 중심에 있었

거나 권위만 찾았던 역대의 천황들과 그 후예들, 군국주의
를 획책하고 전쟁 책임을 비켜가고자 했던 역대의 일본 수
상들과 관료들, 군국주의를 선동하거나 조장하는 정당과
언론, 군국주의의 역사관으로 역사를 오도하는 교과서, 역
사적 진실에 눈을 감고 정치적 이해를 앞세우는 법정, 비양
심적 교수, 진실을 보지 못하고 천황주의에 빠진 일본 국민
들, 심지어 자신까지도 통절한 비판을 보이기도 한다. 다음
시편들을 보자.

① 천황궁 권위 강화하려는 움직임 있으니 신화는 만들
수 없어라 고사기 · 일본서기

-「숨겨진 사실」 중에서

② 길거리에 백성들은 굶어 죽어도 태자는 지었다니 거
대한 사찰들은

-「숨겨진 사실」 중에서

③ 어렴풋한 어둠에서 마왕이 나와서 지휘를 하려나 대
교향곡 '천황찬가'

-「소화시대 끝나던 날」 중에서

④ 삼부의 수장들도 천황 칭송에 줄을 서니 '천황의 나
라'된 듯 하여라

-「천황 즉위」 중에서

⑤ 천황제 군국시대에 국민을 굶기고 딸은 팔리고 병사

는 죽어갔네

-「즉위 10년」 중에서

　위의 시편들은 모두 일본의 천황제를 비판하는 작품들이다. 민중의 삶과 분리된 천황은 군국주의를 획책한 장본인임에도 그에 대한 반성은 없이, 오히려 천황제를 찬양하는 시대착오적 천황주의에 휩싸여 있는 것이 현재 일본의 현실이라고 비판하고 있는 것이다. 여기에 "전쟁은 전부 자위와 정의를 노래하던 과거"(「무기를 갖지 않는 정당」 중에서)라며 군비 재무장을 옹호하는 정당이 여전히 일본의 정치권력을 장악하고 있고, 그들은 야스쿠니 법안을 제출하고, 평화헌법 제9조를 무력화하고 있다고 파악하고 있다. 이런 정당을 언론도 편들면서 "숨어서 살아온 동굴의 병사"(「요코이씨 귀국」 중에서) 등 전쟁과 살인의 당사자들을 영웅으로 미화하고, 군국주의를 부추기고 있으며, 역사의 진실을 담아야 할 교과서들은 전쟁의 치부를 감추기에 급급하다고 탄식하고 있다. 다음 작품들을 보자.

　① 침략을 침략이라 기재하지 않는 교과서에 무거운 마음 있으니 우리는 지금 전쟁중

-「교과서 문제를 생각한다」 중에서

　② 교과서 까맣게 색칠한 곳 빛에 비춰서 나타나듯 드러나는 '성전 사관'

-「'성전사관'의 교과서」 중에서

③ 신문도 교과서도 적지 않는 천황의 전쟁범죄 소화역
사를 왜곡하네

-「소화시대 끝나던 날」 중에서

④ 황군의 성노예가 되어서 무참해진 '종군 위안부'란
말 지운다는 교과서

-「즉위 10년」 중에서

⑤ 교과서에 진실을! 외치며 싸워왔건만 지금 '신무천
황' 게재되고 '위안부' 삭제되어 가네

-「'새역사 교과서 모임' 교과서」 중에서

모두 교과서의 역사 왜곡을 비판하고 있는 작품들이다.
이미 한국에서는 언론을 통해 '새역사교과서모임'이 만든
역사교과서의 과오와 오류들에 관하여 널리 알려진 바 있
지만, 역사적 진실을 향한 양심적 자기비판과 성찰이 미야
마의 시를 통해 이루어지고 있는 셈이다. 그러나 이러한 양
심적 자기비판과 성찰은 아쉽게도 매우 제한적으로 이루
지고 있는 것이 또한 일본의 현실이다. 청일전쟁, 러일전
쟁, 만주사변, 진주만 공격 등이 모두 일본의 침략과 도발
로 이루어진 역사("청일·러일·만주사변·진주만 공격
도발은 모두 우리들의 역사" -「소수가 되어감에」 중에서)
라는 냉철한 역사인식을 가져야 하지만, 이에 대한 일본인
의 역사인식은 진실과 거리가 멀다는 것이다.

뼈 속까지 교활하게 따르는 국민성이여 착취당한 역사

만 길구나

-「숨겨진 사실」 중에서

	"전쟁의 비참을 말하며 침략한 의식은 없는 민족"이라
는 자기반성은 "교활하게 따르는 국민성"이란 통절한 자
기 민족성에 대한 비판으로 이어지지만, 오랜 천황주의의
역사에서 비롯된 일본의 국민성은 맹목적 신봉에 의한 국
수주의적 태도와 자기 합리화에 의해 착취의 역사를 '착취
당한 역사'로 역전시키는 과오와 모순에 빠져 있다고 진단
하고 있다. 미야마 시인의 이러한 자민족의 역사인식과 국
민성 비판은 결코 자기 자신을 자민족과 분리하는 '타자'
로 있고자 하지 않는다. 미야마 시인 자신도 일본인의 한
사람이기 때문에 전쟁과 폭력의 가해자로 마땅한 책임을
느끼고 진정한 반성을 해야 한다고 생각했다. 즉, 그녀는
"억만에도 보상할 수 없는 심신의 상흔을 납치하였던 나라
의 사죄 없는 비인도성"(「억만에도 보상해야」 중에서)에
머리를 숙이고 죄의식을 통감한다. 다음 작품들을 보자.

	① "사실을 인정하고 우선 사죄를"하며 목메이니 가해
자인 우리는 머리를 숙이네

-「어둠속의 장례」 중에서

	② 황군이 가는 곳에 '위안부' 있었다는 사실 알지 못했
네 전후에도 오랫동안

-「황군 '위안부'」 중에서

③ 민족의 말 빼앗았으니 그대를 향해 한국어 모르는 것
을 죄처럼 느끼네

-「한일 선린의 역사」 중에서

군국주의 일본의 전쟁 범죄와 그 책임에 대한 역사적 이
해는 비단 한국에 대해서만 이루어지고 있는 것은 아니다.
중국의 만주 침략을 '개척'이란 미명으로 진행된 '옥토 약
탈'이었으며, 남경대학살과 731부대의 만행에 대해서도
진실이 밝혀지지 않은 채 사죄 없는 역사 왜곡이 여전히 진
행되고 있음을 반성적으로 성찰하고 있다.


① 국책의 이름으로 침략은 진행되었지 옥토 약탈을 개
척이라 부르며

-「중국 잔류 고아의 도일」 중에서

② 아우슈비츠, 카틴의 숲 학살사건도 사죄했건만 아직
도 밝히지 않는 남경대학살

-「차별의 비」 중에서

③ 산 채로 해부 당해 731부대는 죽였네 마루타 3천명

-「반일 데모」 중에서


역사적 진실을 향한, 그리고 평화를 기원하는 미야마 시
인이 가장 깊이 관심을 가지며 마음 깊이 아파하면서 반성
하고자 했던 시적 대상은 이른바 '종군 위안부' 여성들이
었다. 다음 시편들을 보자.

① 능욕한 남자들 전후에도 입 다무니 살아있어도 죽
음의 어둠 같은 황군의 '위안부'

-「어둠속의 장례」 중에서

② 어둠에 죽고 어둠에 살아온 '위안부'의 아이고의 외
침, 몸 위로 겹쳐 들리네

-「어둠속의 장례」 중에서

③ 하얀 목련 오욕당한 것처럼 떨어져 깔리네 전후에도
보상 않으니 '위안부'의 한

-「서울 멀리서」 중에서

④ 학살병의 성노예로 타락시키고도 장사 행위라는 겁
나는 말 하누나

-「억만에도 보상해야」 중에서

미야마 시인은 여러 한국 '종군 위안부' 여성들을 만나
서 일본군의 야만적 만행에 의한 능욕의 고통과 치 떨리는
이야기, 그리고 아무런 보상도 받지 못하고 한스럽게 살아
가는 통한의 이야기와 '아이고'의 외침을 들었다. 그런데
꽃다운 청춘을 "성노예로 타락시키고도 장사 행위라는"
역사 왜곡으로 진실을 감추려는 일본의 만행에 일본인의
한 사람으로 자괴감에 괴로워하면서 '종군 위안부' 여성들
을 진심으로 이해하며 스스로 가해자의 입장에서 반성하
는 태도를 시적 진실로 표현하고자 했다.

이처럼 역사적 진실을 위한 양심의 선언이 곧 미야마의
시가 되었다. 파란 많은 역사, 그러나 진실은 왜곡되고 거

짓이 진실을 가장하는 역사, 그 속에서 부대끼며 살아가는 삶을 미야마 시인은 '바람'이라 불렀다. 그러나 이 곡절과 파란의 바람에 흔들리지 않고, 역사적 진실을 향해, 그리고 반전을 위한 평화의 기도를 목숨이 다 하는 날까지 그치지 않고자 하는 시인이 미야마 시인이다. 비록 그녀의 언어는 투박하고 성글지만, 그녀의 양심과 진실에 기초한 절절한 호소, 일침의 비판, 진정한 반성이 그래서 가슴에 와 닿게 되는 것이다.

미야마 시인과 같은 평화를 위한 기도와 양심적인 자기 반성의 목소리가 과거 역사에 대한 진정한 반성을 이끌어 내고, 이를 토대로 한일 양국의 미래가 발전적인 관계 속에서 새롭게 전개되기를 소망해 본다.♣